담담한 필치로 쓰여진 이 서한들은 그러나, 어떤 '뜨거움'에 대한 증언이다. 70년대를 치르는 분노와 절망과 사랑에 대한 지울 수 없는 기록인 것이다.

_백낙청(문학평론가, 서울대학교 명예교수)

"몰래 편지를 쓰거나, 좋은 글이 있으면 근무 중에 공책에 베껴 적었습니다. 제임스 조이스의 『젊은 예술가의 초상』, 헤르만 헤세의 『싯달타』…… 채광석 서한집 『그 어딘가의 구비에서 우리가 만났듯이』, 이런 책들을 읽고는 밑줄 그었던 구절들을 공책에 옮겨 적곤 했습니다. 그렇게 옮겨 적은 글을 써 놓은 공책이 다섯 권 정도가 되었습니다."

- 도종환(시인, 국회의원, 전 문체부 장관)

"수천을 헤아리는 장서 가운데 하나를 고른다면 채광석 시인의 옥중서간집 『그 어딘가의 구를 들겠다. …… 이 책은 한 젊은이의 연애편지다."

- 고 최성일(출판칼럼니스트)

그 어딘가의
구비에서
우리가 만났듯이

사무사책방의 책은 실로 꿰매어 만드는 사철 방식으로 제본했습니다.
오랫동안 곁에 두어도 손상되지 않습니다.

그 어딘가의
구비에서
우리가 만났듯이

채광석 지음

사무사책방
Flaneur

사람은 누구나 일생을 통해 다른 시기들보다 압축된 삶을 산 시기들을 갖고 있습니다. 그리고 그런 시기들 중 젊은 시절의 것은 대개 사랑에 관한 것이 아닐까 생각합니다. 그 시대가 낭만을 터놓고 누릴 만큼 한가롭든 그렇지 않든 인간이 남자와 여자로 나뉘어 있는 한 사랑의 문제는 언제나 젊음 앞에 가장 몸살나는 문제의 하나로 머무를 것입니다. 여기 실린 글들은 한 젊은 남자와 여자가 그와 같은 사랑의 문제를 앓으면서 주고받은 편지들 중 남자 편에서 보낸 것을 엮은 것입니다.

1975년 봄, 그 젊은 남녀는 서로 사랑이라는 감정을 조금씩 내보이기 시작했습니다. 남자는 대학 4년생이었고 여자는 신입생이었습니다. 여기저기 기웃거리며 조금씩 시간을 보내는 만남이 계속된 지 한 달이 조금 지날 무렵, 남자는 중뿔나게도 무슨 거창한 신념의 깃대를 흔들어 대더니만 훌쩍 벽돌담 안으로 사라졌습니다. 1975년 5월 말의 일이었습니다. 남자로서는 시대가 낭만을 누릴 만큼 한가롭지 못하다고 생각했던 듯 싶습니다. 그러나 흔한 일은 아니지만, 그 낭만은 야금야금 담 안의 세계와 담 밖의 세계를 관통하기 시작했습니다. 처음에는 조심스럽게, 그러다가는 드러내놓고, 마침내 는 삶의 중심을 차지할 만큼 그 벽돌담을 사이에 둔 기 이한 사랑은 서로의 것이 돼버렸습니다. 아마도 거기에 는 직접 만날 수 없는 지극히 단순화된 상황이 현실보 다는 상상력을 더욱 부추켜준 덕도 크게 작용했으리라 여겨집니다. 그러므로 이 사랑의 편지들은 허다한 자기 한계를 노출시키고 있음에도 불구하고 봉합엽서의 작 은 공간에 자기의 온 현존을 쏟아넣으려는 과욕으로 점 철돼 있습니다.

1977년 초여름, 그러니까 들어간 지 만 2년이 조금 더 지난 어느 날 여름 그 남자는 제 시간이 차지 않으면 도 대체 열리지 않는 철문을 열고 바깥세상으로 나왔습니 다. 그리고 1979년 그들은 결혼했고 얼마 전에는 첫아 들의 돌을 기념했습니다.

제가 바로 그 편지들을 쓴 '그' 남자입니다. 구치소나 교도소 당국의 소정의 검열을 거쳐야 했기 때문에 표현의 제약이 저 자신의 한계를 돋보이게 한 측면도 무시할 수 없었지만 철자법의 오류를 바로잡은 것 외는 일체의 첨삭 및 수정을 하지 않았습니다. 다만 개인의 내밀한 사랑 이야기를 이렇게 발가벗기는 것이 제 낯을 얼마나 더 두껍게 할 것인지 좀 묘한 심정일 따름입니다. 이제는 내 것이 아니라 그 시대의 한 기록물이라는 친구들의 꼬임이 진실이기를 기원합니다.

1981년 봄, 글쓴이

차 례

글을 읽는 분들께

제1부

영등포 구치소 시절
당신이 다녀간 오전의 가을 하늘

제2부

공주교도소, 여름 그리고 가을
이 바람결에 우리의 지난겨울이 불어오고

제3부

공주교도소, 겨울

둘이라는 따스한 마음을 조금씩 지피면서
우리는 왜 정든 땅을 버렸는가?

제4부

공주교도소, 봄에서 출감까지

사랑은 우리가 지상에 남길 유일한 발자취
삶은 언제나 구비쳐 휘도는 물길

To My Better K

영등포 구치소 시절

당신이 다녀간
오전의 가을 하늘

알프레드 시슬레, 〈생 제르맹의 테라스, 봄〉, 1875년

비온 뒤,
햇살 푸르른
날

비온 뒤라 그런지 햇살이 무척 밝고 맑습니다.

무슨 꽃을 피울려고 빗살이 그리 심했던지는 오늘의 햇살이 대답해주는 듯합니다.

창피하셨다는 소식, 그리고 이곳까지 다녀가셨다는 사실, 모두 즐거운 일이었습니다.

건강하게 잘 있습니다. 열심히 생각하고 건강하게 생활하고 있으며 지나온 발자취를 되새기며 보다 사람다운 사람이 될 것을 다짐해봅니다. 빨리 만나지길 기원하는 일에 신경쓰지 마시고 오직 자기에게 부여된 현재, 지금의 일들에 최선의 노력을 기울이십시오. 꽃싸움을 시험해볼 날도, 다시 재회할 날도 그러한 성실한 삶이 있은 뒤에 기원해볼 일입니다. 의심 같은 건 하지 않습니다.

믿음과 사랑이 없다면 애당초에 다른 길을 걸었을 테니

까요. 사실 우린 다시 만날 날을 기다리는 편보다는 매일 서로의 부재 속에서 서로를 만날 수 있는 정성과 사랑을 익히는 편을 택해야 할 것 같습니다.

그렇기 때문에 '안녕'이라는 말은 매우 서먹서먹하게 들립니다. 시간마다 새롭게 만날 수 있는데 어째서 글 끝에 '안녕'이 들어가야 되겠습니까?

건강하게, 좀 더 너그럽고, 좀 더 착하고, 좀 더 힘있는 모습으로 옛 거리를 걸어볼 예정입니다. 오늘의, 지금의 어려움을 이기는 매일매일의 생활을 성실로 가득 채운 뒤에 말입니다.

오늘은 여기서 그칩니다. 종종 소식 주십시오.

바보스러운 벗이

아직은
감상과 눈물을
예비하고 저축할
때

당신이 다녀간 오전의 가을 하늘은 유난히도 높푸러 보입니다. 가만히 창살을 통해 들어오는 햇살에 손을 대어 봅니다. 부실 듯 화안한 햇살 속에 당신의 웃음이, 부모 형제 친지들의 모습이, 손에 잡힐 듯 스쳐갑니다. 그러나 아직은 감상과 눈물을 예비하고 저축할 때입니다.

지난 3년간 최전방 방책선상에서 조국의 일각을 지키면서 가을과 별과 햇살의 서정 속에서 내 의지와 사랑의 내재적 힘을 기르며 슬픔과 외로움을 극복했던 그 똑같은 반복을 세월은 내게 요구하고 있는 것입니다.

가을은 깊어가며 내게 "금년에는 얼마만한 수확을 준비했느냐?"고 묻고 있습니다. 스쳐가는 바람결이 풍기는 찬 기운을 만끽하며 오늘도 나는 땀을 흘릴 것입니다. 수확을 위해, 추수를 위해……

『지성, 세속, 신앙』이란 책은 참으로 좋은 책이었습니다. 타락한 교회와 미신만도 못한 기독교 신자들에게 그들이 서야 할 위치와 자세를 일깨워주는 날카로운 글이었습니다.

그리고 윤동주 시인이 시들은 잔잔한 가락 속에서 자기를 극복한 참 시인의 정신이 은빛처럼 묻어나는 좋은 시들이이었습니다. 그러나 그의 애절한 서정이 포괄하고 있는 그의 대쪽같은 지조는 어쩌면 개인적인 도취인지도 모르겠습니다. 살을 맞부비며 땀내 속에서 굳건하게 함께 나아가는 진정한 삶에서 조금은 벗어나 있는 고고함이 그런 생각을 가져옵니다. '함께' 산다는 것은 땀내와 부비적거림과 불쾌함을 극복한 자의 얘깁니다.

독서는, 첫째로 원서는 역사에 관한 책으로 정하여 읽고 있으며, 현재는 콜링우드의 『The Idea of History(역사의 이념)』과 포퍼의 『The Poverty of Historicism(역사주의의 빈곤)』을 읽고 있습니다. 둘째로는 내가 일상적으로 관심을 가지고 있는 신학과 사회학, 문학(특히 시)에 관한 책을 양념 삼아 읽어가렵니다. 문학에 관한 책은 앞으로 찰스 디킨스의 소설들을 읽어야겠다는 생각을 하고 있습니다. 그의 소설 중에서 『The Tale of

Two Cities(두 도시의 이야기)』가 첫 번째 책이 될 것입니다. 현암사에서 출판된 『사회과학방법론』은 사회과학을 어떤 방법으로 연구하는 것이 좋은가 하는 방법론적 개설서입니다.

이제 2학기입니다. 학과 선택 문제는 어떻게 되는 것입니까? 면회를 위해 소비되는 시간은 어떤 방식으로 보충해가고 있습니까? 아마추어적 게으름은 잘못하면 아마추어적 순수함을 매몰시킬지도 모릅니다. 아마추어적 순수성과 프로적 탐구정신이 맞부딪는 곳에 우리들의 삶은 뿌리를 내릴 것입니다. "유붕有朋이 자원방래自遠訪來하니 불역낙호不亦樂好아(벗이 있어 먼 곳에서 찾아 오니 즐겁지 아니한가)"지만 학교 시간을 빼먹어서는 곤란합니다.

우리들의 사색이 능금처럼 익어가고 우리들이 뿌리는 그리움의 언어들이 우리 삶의 기초로 가라앉기를 기원하며 두서 없는 글을 오늘은 여기서 마치렵니다.

창 너머
푸른 하늘
흰 구름

My Dear Better Half,

보내준 글, 넣어준 책, 모두 잘 받았소. 글자 한 자마다 에서, 책갈피마다에서 짙은 사랑의 감정과 체취를 맡을 수 있음은 나의 지나친 감상 탓만은 아닐 것입니다.

소프트볼 게임에서 타자로 나선 그 모습, 볼 수 없는 것이 유감이오만, 보지 않아도 훤히 볼 수 있는 천리안을 가진 나요.(하, 하)

요즘 나의 생활은, 담담하고 기백에 찬 그것이오. 물론 건강도 좋구요. 비관도 낙관도 오직 우리의 젊음과 희망에 해를 끼칠 뿐이라는 것을 알고 있기에, 자만도 자학도 모두 떨치고 조용히 기도하는 자세로 신께서 내게 부여하신 역사의 짐을 생각하고 있소. 김병익 씨가 지은 『지성과 반지성』이라는 책이 문득 생각나니 구할 수 있으면 넣어주시오. 그리고 『님의 침묵』과 『명상록』은 동생 희석이가 찾아갔을 텐데 희석이더러 주인을 찾아주라고 했으니 만나거든 돌려받으시기 바랍니다. 창 너머엔 푸른 하늘, 흰구름이 머잖아 우리들이 재회할 수 있으리란 믿음을 던져주고 있소. 모쪼록 건강하고 활기 있는 사고와 독서로 생활에 풍부함이 길들길 바랍니다. 난 사회에 있을 때보다 독서량이 2배가량은 되는 것 같소. 순간순간에 주어지는 자기의 책무에 충실하다 보면 역사는 자연히 풍요해질 것입니다. 다함없는 믿음과 사랑, 그리고 소망 속에 우리들이 함께 있기를 기도드리며 글을 맺습니다.

오직
인간에 대한
믿음과 사랑
으로

친구여,

오늘도 태양은 중천에 높이 솟아 높푸른 하늘을 배경으로 스스로의 무한한 빛을 자랑한다. 그동안 건강히, 그리고 열심히 생활하고 있었는지? 그리고 지난번 편지는 받아 보았는지……

친구여,

칠흑 같은 어둠을, 아니 그 어둠을 가린 장막만이 우리의 공간적 거리를 메우고 있었던 지난날은 이미 서서히 물러가기 시작했다. 이제는, 이곳에까지 왔다가 "가족만이 면회가 된다"는 사실을 알고 엉성한 기분으로 되돌아가던 지난날의 경험을 되풀이하지 않아도 된다.

이제 면회의 문은 당신에게도 열린 것이다. 지금 나는 마코비치가 지은 『무신론자를 위한 예수』를 읽고 있소.

인류를 짊어지고 골고다의 언덕을 피흘리며 걸어간 나사렛 예수, 그는 영원히 우리와 함께하며 우리의 친구요, 다정한 이웃으로 남아 있을 것이다.

친구여,

오직 인간에 대한 믿음과 사랑, 그리고 대화가 있는 세계를 향하여 매일 매일 힘찬 발걸음을 디디자.

당신의 건강을 빌며,

채광석

가장
아름답고 착한 것이
가장
더럽게 썩을 수 있다

My Dear Better K.

비가 내리고 있다는 글을 받은 지금 이곳에도 가을비가
조금씩 흩뿌리고 있습니다. 그동안 별일 없었는지요?
나는 양호한 건강 속에 오늘의 의미를 탐구하고 익히기
에 여념이 없습니다. 이번 주일에는 시골에서 어머님
이 다녀가셨고 부권이, 최병도 선생님, 배명숙 씨가 물
밀 듯이 스쳐갔습니다. 보고 싶은 얼굴들을 잠깐이나
마 마주할 수 있다는 것은 하나의 기쁨입니다. 그리고
지금은 콜링우드의 『역사의 이념』을 읽고 있습니다.
이스라엘 민족이 수천 년 동안 오해와 좌절의 역경 속
에서 뿌리 없이 흩날리면서도 "내년에는 예루살렘에
서!"란 인사를 매일같이 나눌 수 있었던 미래에 대한

믿음은 바로 고난을 통한 승리에의 믿음이었습니다. 그리스도의 죽음이 패배가 아니라 승리로 받아들여지는 것은 그리스도의 삶이 미래를 환상적 차원에서 현실의 차원으로 이끌어내고, 그 자신의 삶으로 남을 '위한' 존재가 아닌 남과 '함께' 사는 존재임을 입증했기 때문입니다. 지금 현재 나는 나의 삶이 고고한 남을 '위한' 삶이기에 앞서 버림받고 비인간화된 무리들과 '함께' 살아가는 그들의 삶에의 일체화이기를 애써가고 있습니다. 나와 당신, 나와 친구, 나와 부모, 나와 사회, 나와 지금의 같은 방 동료죄수들이 '함께' 가고 '함께' 사는 일체화가 이뤄질 때 나의 삶은 진정한 의미에서 인간화된 삶이 될 수 있을 것입니다.

가장 아름답고 착한 것이 가장 더럽게 썩을 수도 있다는 경구는, 우리들 개개인에게 스스로를 새롭게 하기 위해 매 순간마다 자기를 반성하고 깨우쳐가기를 요구하는 것입니다. 머무름은 죽음일 뿐입니다. 인간이기를 기원하는 모든 사랑과 믿음은 함께 산다는 정신을 바탕으로 끊임없이 자기혁신을 시도할 때 비로소 정당한 의미를 가질 것입니다.

나의 현재의 모든 삶에서 이뤄지는 믿음과 사랑을 당신에게 드리면서 오늘은 여기서 그칩니다.

나도
두려웁고 흔들리고
초초롭습니다

편지를 쓰고 난 뒤에 네 번째 서신에 접했소. 보내준 글을 읽으며 나는 여러모로 나의 처지와 주변 문제를 다시 살펴보고 반드시 두 가지 의문에 대해서는 답해야 할 의무가 있다는 것을 통감합니다.

첫째 "우리는 우리가 행동한 뒤의 뒷책임을 종교에 맡겨버리지는 않았는지요? 그리고 우리는 진정 부끄러워해야 할 문제를 부끄러워하는지요?"가 그것입니다.

아무리 거듭해도 지나치다고 할 수 없는 뼈아픈 질문입니다. 우리가 아무리 열의와 진심을 가지고 살아간다 해도 위와 같은 질문을 거듭하지 않고는 결코 새로운 인간으로 거듭 태어날 수는 없는 일이기 때문입니다. 지금의 나로서는 "아니다!"라고 단언해야 할 것만 같고 이 답변에 얼마간의 위선과 오해가 깃들여 있다 해도 이 답변을 견지하지 않고는 내게 주어진 상황을 극복할 자세가 이뤄질 수 없을 것만 같습니다. 나는 언제나 편협한 극단주의에 흐르려 하지 않고 스스로의 부끄러움이 괴로움이 되도록 '잎새에 이는 바람에도' 기도해왔지만 이러한 변명으로 답하기엔 질문 자체가 너무도 준엄하고 뼈저린 것입니다.

둘째 "어떤 목적을 위해서 다른 것을 다 희생해도 좋다는 그런 사고 속에 저는 너무나 무의미한 존재가 아닌가요?"가 또한 그것입니다. 참으로 당황스러운 질문입니다.

신념과 생활의 일치, 신념과 사랑의 일치가 과연 가능하냐는 의문……, 이 질문은 현재의 나의 위치와 상황을 우리들이 패배나 좌절로 보지 않고 새로운 출발점으로 볼 수 있느냐 하는 점과도 깊은 관련이 있는 것 같습니다.

새 삶은 묵은 그루터기에서 솟아나는 것임을 믿고, 오늘 뒤엔 내일이 있다는 평범한 진리를 확신할 수 있느냐 하는 문제……. 솔직하게 말해서 나도 두려웁고 흔들리고 초조롭습니다.

그러나 나는 "모든 것을 나의 내부에서 해결할 수 있으리라"는 자신과 극복능력에 대한 양심적 긍정 속에서 스스로를 세우고 스스로의 고개를 하늘을 향하여 들을 수 있습니다.

그러나 이것 또한 끊임없는 고뇌스런 탐구와 믿음 없이

는 지탱하지 못할 자세입니다. 두 번째 질문에도 "그렇지 않다"는 답변을 분명히 하면서 글을 맺겠습니다.

앞으로는 편지에 주소 성명을 명기하지 않으면 들어오지 않는답니다. 학교 주소와 성명을 꼭 적어주시기 바랍니다. 두 가지 의문은 두고 두고 답변을 준비할 것입니다.

우리의 삶 안에서 화평이

예수 그리스도의
이름 옆에
모든 인간의
이름자들이 새겨지길

어둠 속에서도 불빛 속에서도

변치 않는 사랑을 배웠다.

너로 해서

My Dear Better K.

낭만이라는 말을 생각해봅니다. 이 말은 원래 소박한
진실, 감정에의 충실을 나타냈던 것으로 알고 있습니다
만 지금에 와서는 '철이 덜든' '현실과 동떨어진' '안일
한' 어리광을 내포하는 낱말이 돼버린 것 같습니다. 문
학사를 살펴보면 낭만주의가 본래의 뜻을 잃어 현실에
서 벗어난 안일하고 철이 덜든 감상에 머물렀을 때, 그
무질서하고 설익은 데 대응해서 균제와 통일성을 나타

내는 고전주의의 완숙함이 나타났고 낭만주의의 비현실성에 대응해서는 우리들이 처한 현실을 좀 더 치열하게 탐구하고 극복하려는 리얼리즘(또는 자연주의)이 대두했음을 볼 수 있습니다. 고전주의는 그 도가 지나치고 타성에 빠질 때 형식주의로 흐르게 마련이며, 리얼리즘은 그 현실성을 지나치게 주장할 때 현실을 극복하기는커녕 현실 속에 매몰되어버릴 위험성이 있는 것입니다. 그래서 문학사는 이 세 가지 조류가 뒤바뀌는 자취라고도 말할 수 있습니다.

위에서 언급한 세 가지 특성은 사람에게도 적용될 수 있을 것입니다. 세 가지 특성이 새로움을 추구하지 못하고 제자리에 머물러 하나의 편견으로 고착될 때 낭만은 비현실적 감성으로, 고전은 내실을 잊은 공허한 형식으로 리얼리즘은 현실에 매몰된 비명소리로 전락하고 마는 것 같습니다. 이러한 관점에서 저는(또는, 나는) 낭만과 고전과 리얼리즘의 균형을 찾는 작업을 예전과 마찬가지로 지금도 추구하고 있습니다만 현재의 상황하에서는 역시 어느 정도의 편견을 감수하지 않고는 나머지 둘을 지탱할 수가 없는 듯 싶습니다. 이러한 나의 태도의 어느 한 면만을 보고서 어떤 사람은 나를 낭만주의로 보고 어떤 사람은 고전주의자로 보고 또 다른 사람은 극단적 리얼리스트로 봅니다. You는 나를 세 번째 경우로 보았던 것 같습니다. 허나 나는 여전히 편견을 극복하려는 자세를 잃지 않고 있습니다.

Better K.

내가 우리들의 '재회'니 '희망'이니를 말함은 다분히 퇴폐적 낭만성에서 기인된 것임을 인정하지 않을 수 없습니다. 왜냐하면 우리에게 주어진 미래란 지극히 불확실한 것이고 '일'이 낭만적인 끝맺음을 하리란 보장은 어느 곳에도 없기 때문입니다. 허나 나는 이러한 나의 약점과 내 낭만의 결점을 알고 있기에 결코 퇴폐로 흐르지 않고 스스로를 그리고 우리들의 세계를 고전과 현실의 토대 위에서 세우려는 힘찬 노력이 뒤따르도록 애쓰고 있습니다. '오늘도 별은 바람에 스치우고' '이곳에 살기 위하여'(폴 엘뤼아르의 시집 이름) 우리는 또 조금씩 어둠을 내몰고 새벽처럼 찾아들 우리들의 시대를 맞을 준비를 해야겠습니다. 주 예수 그리스도의 이름 옆에 모든 인간의 이름자들이 새겨지길 기원하면서 지금까지 이뤄진 믿음과 사랑의 결실들에 당신의 손길이 스며 있음을 전합니다.

스쳐가는 바람결에라도 떨어져 내릴 듯한
애틋한 그리움은 가슴속에
송이져 맺히고

추일단상秋日斷想

가을의 입김이 아침 저녁으로 제법 수선스러운 나날입
니다. Better K. 지난 봄날에 그 가진 바 아름다움을 마
음껏 펴보이던 관악 캠퍼스 주변의 복사꽃이며 개나
리……들이 기억나십니까? 이제는 전날의 영광을 훌훌
히 벗어버리고 자랑할 것이라곤 아무것도 없는 빈 몸을
무관심과 냉혹으로 채워진 인간들의 시선에 내보이고
있는 '그들' 나는 이제야말로 그들에게 조용히 온기 서
린 눈길을 보내야 되리라고 생각합니다. 사람들은 그들
이 그들의 영광을 얻기 위해서 가을, 겨울, 그리고 여름
동안 전개하는 꾸준한 흡수의 노력을 다만 겉모습이 초
라하다는 이유 하나로 외면합니다만 조요로운 이 가을
의 오후, 우리는 조용히 그들의 숨은 생명력을 지켜보

아야겠습니다. 이것은 겨울 속에서 봄, 봄의 입김을 탐지하는 시인만의 촉감이나 영감은 아닐 것입니다. 잊어버린 부분, 우리들의 관심에서 빗겨나간 부분들에 빛을 비추는 시간은 외롭지만은 않을 것입니다. 이차대전 후, 전쟁의 폐허가 만들어놓은 불안과 혼란의 연속 속에서 인간 자신의 생명을 확인하고 스스로의 비참함을 쓰라린 좌절로 응시하던 이른바 실존철학이란 '불안의 철학'은 그 자신의 철저한 자기인식을 거쳐 이제는 새로운 인간의 미래를 지향하는 에른스트 블로흐 등의 '희망의 철학'(신학에 있어서는 몰트만의 희망의 신학)의 단계에 접어들었습니다. 우리는 이러한 불안과 희망을 동시에 겪는 어려움 속에 있습니다만 우리들의 눈길이 꽃에 대해서와 마찬가지로 그들의 헐벗음에도 주어질 때 모든 어려움은 극복되어질 수 있을 것입니다.

생활의 장章

다음 편지에는 찬송가 중에서 〈금관의 예수〉와 배울 만한 성가 하나를 악보와 함께 적어서 보내줬으면 합니다. 그리고 며칠 전에 누이 혜원이가 다녀갔는데, 침낭(슬리핑 백)을 시월 말에 넣어 달라고 얘기했습니다. 그런데 될 수 있으면 빠른 시일 안에 넣어주는 것이 좋을 듯 싶으니 희석이 만나는 기회가 있으면 이 얘기를 전해주셨으면 합니다.

"가장 아름답고
착한 것이
가장 더럽게
썩을 수 있다."
이 말을
내 가슴속
깊이
한 글자 한 글자
새겨둡니다.

귀스타브 칼리보트, 〈비내리는 예르 강가〉, 1875년

감상의 늪

자칫 감상에 젖어 저 푸르른 가을 하늘을 바라볼 때면, Better K. 스쳐가는 바람결에라도 떨어져 내릴 듯한 애틋한 그리움들이 가슴속에 송이져 맺히곤 합니다. 등산, 그렇습니다. 때가 오면 우리 산행을 하여 우리들이 살던 거리에 남겨두고 온 온갖 부스러기들을 내려다보며 우리들이 빠졌던 감상의 늪에도 따사로운 눈길을 부어봅시다. 송이져 맺히던 통증서린 바람所望이며 그리움에도 빛을!

[추신] 희석이 보거든 이규호 교수가 쓴 『앎과 삶』, 마르쿠제의 『일차원적 인간』을 구해서(구입할 필요는 없고) 시월 말에 넣어 달라고 전해주시오.(면회 때 말할라고 그랬는데 폼 잡다가 까먹었소이다.)

나는 너의 이름을
쓴다

To My Better K.

지금은 마악 점심식사를 마친, 그리고 『이곳에 살기 위하여』와 『독일인의 사랑』 두 권의 책을 받은 월요일의 오후. 면회장을 나설 때면 항시 무엇인가 중요한 말을 빼놓은 것 같은데 막상 생각해보면 그 중요한 말이 무엇이었는지 손에 잡히지 않는 그런 묘한 것이 있습니다.

얼굴을 마주 대하는 바로 그것이 제일 중요한 것인데도 그것 이상의 무엇인가가 있기를 우리들의 마음은 욕심을 내고 있는지도 모르겠습니다.

이제 곧 겨울이 오려는지 제법 날씨가 서늘합니다. 더불어 인류가 생존을 시작한 이래 수없이 거부당하면서도 그칠 줄 모르고 동거를 주장해온 멋없는 물체(이름이 '이'라던가)가 눈에 선하게 그 자태를 보이려 합니다.

물론 내 편에서는 그의 간청을 완곡하게 사절하고 위협도 하고 정 귀찮게 굴면 사형에 처할 것을 엄숙히 경고하고 있습니다만 수천 년의 짝사랑을 계속해온 관록으로 보나 그 뻔뻔스러움으로 보나 머잖아 "실례합니다"란 소리도 없이 다가올 것으로 관측되고 있습니다. 인정도 다정할손, 막상 그 녀석이 동거를 강요해오면 굳이 거절할 필요는 없을 것이고 그와 나는 한 다정스러운 이웃으로 오손도손 살아갈 것이온즉 행여 질투는 하지 마시옵길 미리 알려드립니다.

레포트의 홍수, 닥쳐온 시험, 삶은 어차피 어렵게 마련된 것이라 하더라도 무척 바쁘고 골치아플 것이외다. 그러나 당황은 금물, 인간의 인내력에는 그 어떤 극한상황 아래에서도 여유가 있다는 어떤 선인의 말씀을 기억해낼 도리밖에 없습니다. 이 경우에는, 구체적인 도움을 주지 못하는 나의 처지가 구차스럽습니다. 시험기간 중에는 이곳까지 오는 시간을 절약해주시면 좋을 듯 싶습니다.

"반짝이는 모든 것 위에
여러 빛깔의 종鐘들 위에
구체적인 진실 위에
나는 너의 이름을 쓴다."

엘뤼아르의 싯귀를 읽으며 나는 당신의 모습과, 내 젊

은 시절의 영원한 고향인 강원도의 최전선을 생각해봅
니다. 지금쯤이면 강원도의 산골에는 머루며 다래며 온
갖 열매들이 곱게 익히운 자신을 숨겨놓은 채 사람들의
손길을 기다리고 있을 것입니다. 나의 군대 시절, 알알
이 들어와 박힌 그 산천의 모습, 그 산천에 뿌린 내 땀
내음, 그리고 거기서 익히운 내 꺼질 줄 모르는 순수에
의 열정. 숨이 붙어 있는 한 나는 이 순수의 언덕 위에
내 삶의 이름을 점점히 새겨갈 것입니다.

포퍼의 『역사주의의 빈곤』을 독파했습니다. 원서를 이
곳에 와서 독파하기는 이것이 첫 번째입니다. 더 쓰고
싶지만, 차례를 기다리는 분들이 많아 여백을 남겨놓은
채 여기서 그치렵니다.[*] 환절기 건강에 유의하고, 닥친
시험은 차근차근히 처러가길 기원합니다. 자, 오늘 밤
에도 건강한 수면을 기도합시다. 우리들의 세계에 주의
화평이!

---

[*] 교도서에서는 편지를 쓰는 집필실이 따로 있어 순서대로 들어가서 쓰고
나옴.

주여,
편지를 쓸 수 있는,
답장을 받을 수 있는
이 행복을 용서하소서

주말입니다. 때맞춰 빗살이 수선거리며 주위를 메우고 있습니다. 어린 시절의 친구들과 고향의 거리, 그리고 그 무드가 엮던 추억들이 막스 뮐러의 소설에서처럼 간간히 가슴을 스치고 지나갑니다. 『독일인의 사랑』은 오랜만에 읽어본 잃어버린 한 조각 서정이었습니다. 뮐러의 그 투명하고 순수한 눈길에 비친 슬프도록 아름다운 사연들은 손대면 묻어날 것 같은 푸른 하늘의 쪽빛만 같았습니다. 이를테면 알퐁소 도데가 그리는 목동과 아가씨의 사연이나 윌리엄 사로얀이 엮어내는 훈훈한 정감과도 같이 『독일인의 사랑』은 인간의 가슴속에 삶의 뜻을 새겨주는 '순수하고 투명한 사랑'의 일면을 그리고 있는 것입니다.

그러나 사랑은 그것만으로는 부족하며 그것만으로는 온전하게 인간의 밑바탕을 다질 수 없을 듯 싶습니다. '순수와 투명은 늪을 건너고 산을 넘는 고뇌와의 싸움 없이는 그 설 자리를 마련하지 못하는 신기루거나 허공 중의 누각에 불과할 것이기 때문입니다. 좋습니다. 숲을 거닐며 나무와 새들과 싱그러운 바람과 벗하며 깨끗한 새벽 공기 같은 인생을 걷는다는 것, 참으로 좋은 얘깁니다.

그러나 위에서와 마찬가지 이유로 진흙탕 속을 포복하여 나가는 인내와 포용력과 폭넓음이 없을 때 숲속을 거니는 것은 사치스러운 '놀이'이지 '삶'일 수는 없을 것이기 때문입니다. 삶은 그렇게 쉽사리 '투명함'과 '행복스러움'을 공으로 얻도록 마련된 것은 아닐 것이기 때문입니다.

엘뤼아르의 시, 그의 삶은 참으로 훌륭한 하나의 모범이었습니다. 언어가 거짓에서 출발하지 않고 자기의 삶 속에 뿌리를 내렸을 때, 그리고 그 삶이 일방적인 강변이 아니라, 시 자체의 서정성을 함께 유지시킬 때 그의 시는 비로소 하나의 살아 있는 역사를 이루기 때문입니다. 역사와 인생의 본질에 집착하고 끊임없이 괴로워하는 인간들은 대개 '사랑'과 '믿음'을 자기 삶의 밑바탕으로 가지고 있는 것 같은데 그 삶이 언어와 유리되지 않고 그 생활이 '사랑과 믿음'과 일체감을 이룩하는 것은 살아 있는 '역사'의 영역에 속하는 것입니다. 그렇기 때문에 나는 이른바 현실참여파 시인들이 내어뱉는 설익은 강변이나, 삶에서 유리된 과격한 언어들이, 허공에서 하늘거리는 풍선만큼이나 허약한 것임을 압니다.

건강을 빕니다. 그리고 다음부터는 '말 좀' 잘 들으세요. (책은 왜 동생한테 얘기하라고 그랬는데 허락(?)도 없이 구하는 겁니까?)

주여, 이 편지를 쓸 수 있는, 그리고 답장을 받을 수 있는 이 행복을 용서하소서!

쉽게
쓰러지지는 않을 것

"빛은 언제나 꺼져들 듯하며

인생은 언제나 시시한 것이 되지만

사라지지 않는 봄은 언제나 다시 태어나고

어둠 속에서 새싹은 돋아나고

열정은 뿌리를 박는다."

이것은 엘뤼아르의 시 「사랑의 힘에 대하여」의 일절입니다. 요즘 나는 이런 생각을 하고 있습니다. 지금의 나는 가진 것을 거의 모두 유보당하고 줄임받은 최소의 대지 위에 서 있으며 이 최소의 대지야말로 내가 내 삶의 뿌리를 내려야 할 가장 근본적인 것이 아닌가 하는 생각 말입니다. 그러나 나의 군대 시절에 비하면 지금의 나는 너무도 넓고 따사한 대지를 가지고 있는 셈입니다. 민간인을 구경조차 할 수 없는 머나먼 곳에서,

대화할 상대마저 없는 집단생활 속에서 어려운 생활을 하고 있을 때, 내게 주어진 유일한 위안이란 두 친구로부터의 편지였으며 3년 동안 면회를 와준 것은 어머님과 희석이뿐이었습니다. 그 시절 속에 내 삶의 근원적인 대지가 치열한 고민 속에서 어느 정도 뿌리를 내렸으며 지금은 그 뿌리의 뿌리 잡는 작업에 힘쓸 시기인 것 같습니다. 그러기에 내 삶의 시초는 무척 좁고 협소하며 고독에 찬 대지 위에 있는 것이며 그러기에 나는 어떠한 상황에 직면하더라도 쉽게 좌절하거나 쉽게 쓰러지지는 않을 것입니다. 그런 연유에서 나는 되도록 폭넓게 사고하고 관용을 배우려 하지만 일단 일이 어려워지면 대단히 철저하게 근본을 추구하기도 합니다. 엘뤼아르의 시집을 읽으면서도 처음에는 「자유」라든지, 「가브리엘 페리」와 「이곳에 살기 위하여」의 일절 등을 좋아했지만 차츰 「지속하는 것」과 같은 시를 더 좋아하게 됩니다.

내게 있어서 유리창을 통해서 볼 수 있고 들을 수 있는 이야기와 모습은 겉모습뿐이며 그 배후에 있는 삶의 본모습을 들을 수도 볼 수도 없다는 것은 나로 하여금 현실과 동떨어진 환상적 이야기꾼으로 만들 염려가 있습니다. 사건과 관련되지 않은 일상생활의 얘기, 학교생활의 얘기 중 들어야 할 것, 읽어야 할 것이 있으면 자주 들려주고 읽혀주기 바랍니다.

담당 변호사가 바뀐 모양입니다. N.C.C.(기독교교회협의회) 인권위원회의 이직형 씨가 우리 교인 관계 학생들의 변호사를 선임해서 따로 변론을 맡도록 하겠답니다. 그리고 작은아버님이 내일(토요일) 오셔서 당신을 보겠다고 했는데 아마 나의 마음을 부드럽게(?) 하기 위한 뜻인 것 같습니다. 번거로웁게 생각하진 마십시오.

[추신] 시험을 못 본 책임을 구태여 따진다면 나도 상당한 부분을 문책받아야겠습니다. 너무 신경쓰지 말고 정진하기 바랍니다.

때
로
우리들이 어둠 속에
길을 잃는 일이
있을지라도

요즘 날씨는 꼭 전방 근무 시에 졸리기 알맞은 '졸음 유혹형' 날씹니다. 『사회과학의 방법론』 중에서 차인석 교수가 쓴 현상학에 관한 논문은 영 읽히지 않아서 미결로 남겨뒀습니다. 한완상 교수의 『인간 회복을 위한 사회과학』은 반드시 한 번 읽어보십시오. 그리고 부권이더러 『Pedagogy』라는 책과 『Cultural Action for Freedom』이라는 기독학생연맹에서 펴낸 책을 넣어달라고 전해주십시오. 두 책은 부권이 하고 의단이, 김형기 등이 가지고 있을 겁니다. (시중에서는 살 수 없습니다.) 『멋진 신세계』(올더스 헉슬리)라는 문고본도.

지난번에 보냈던 편지(못 받았나연)의 내용은 대강 이렇습니다. 나를 위해 애쓰는 여러분과 특히 Better K. 당신에게와 부모님에게는 어떤 것으로도 대치될 수 없는 책임감을 느껴야 한다는 당연한 애기와 때때로 나만이 바르고 곧다는 오만한 심정에 대한 유혹을 느끼는 내 가슴속의 사정에 대한 (아마 그러한 오만이 없다면 어찌 버텨낼 것인가······) 신에의 고해, 그런 것들에 관한 글이었습니다. 진정 고해하지 않고는 지낼 수 없는 오만들 말입니다.

My Dear Better K.
속으로 조용히 여울지는 세월의 의미, 세월이 흘러가며 던져주는 의미가 모두의 호흡과 음성과 얼굴에 번져서 내게 전해지는 그 속 깊은 소리들을 기억하며 이제 압도적인 체험 속에서 말이 되어 나오지 못하고 있는 시심詩心을 불러봅니다. 그 시심은 이제 겉으로 표출될 날을 기다리며 내 깊은 허파 속에서 조용히 스스로를 익히고 있는지도 모르겠습니다. 그러나 그것들은 때때로 내 기억 속에 아직도 파동치고 있는 당신의 얼굴, 친구들의 말소리, 어느 다방에선가의 커피내음, 낯선 어느 잔디밭의 푸른 잔디로 모자이크되어 스스로를 드러내기도 합니다. 영혼의 투명성을 유지하고자 하는 모진 자기 시련을 거듭하며 내게 흘러들어오는 모든 감각적

질료들과 언어적 진실들을 폼내어 재구성해보는 재생의 은밀한 기쁨이 나를 있게 하고 당신을 있게 하고 우리들의 삶을 있게 하는 모든 어둠 속의 존재들과 빛 속의 존재들에게 스스로 감사의 말을 엮어보기도 합니다. 때로 우리들이 어둠 속에서 길을 잃는 일이 있을지라도 우리는 우리의 길이 하나임과 그 길이 우리들의 길임을 확인하는 기쁨의 순간들을 살아 있는 모든 존재들의 덕으로 찬양합시다. 건강과 활기 있는 생을!

때로 우리들이 어둠 속에서 길을 잃는 일이
있을지라도
우리는 우리의 길이 하나임과
그 길이 우리들의 길임을 확인하는
기쁨의 순간들을
살아 있는
모든 존재들의 덕으로 찬양합시다.

귀스타브 칼리보트, 〈노르망디 바닷가〉, 1884년

평화는 그처럼
불안하고
배고픈 눈칫밥을
먹으며

To My Dear Better K.

토요일, 일상이와 어머님이 다녀가셨소. 지난번에 한 번 헛걸음쳤다는 소식은 들어서 알고 있습니다. 변호사는 이세중, 이돈희 두 분이 수고해주시기로 했소. 이번 주일에 『사회과학의 방법론』과 『엘뤼아르 시집』을 내보내겠습니다. 그리고 일상이의 『동양문화사』 책도 내보내겠으니 찾아다 기일 내에 전해주셨으면 좋겠소. 이제 곧 재판이 시작되고 겨울이 동시에 시작될 거외다.

외계와의 접촉이 활발할수록 내 견고한 의식세계를 서서히 무너뜨리려는 세균보다도 더한 것들이 스며들어오고 있습니다. 이것은 '이해의 부족'과 '사태의 본질에 대한 오해'에 기인된 것이지만 그것대로 타당한 이유를 갖고 있는 것입니다. 허나, 아무리 그 이유가 타당하더라도 나는 그것만은 고집스럽게 거부해 나갈 것입니다. 내 생존의 이유와 내 살아 있음의 근거를 허물고 생명을 유지할 필요를 어디에서 얻을 수 있을 것인가를 생각할 때 이는 자명한 자기 보호기능의 일부가 되는 것입니다. 오늘도 비둘기 떼가 창살 아래 모여들어 모이를 주워 먹느라고 바삐 서둘다가 가버렸소. 평화는 그처럼 불안하고 배고픈 눈칫밥을 먹으며 그 상징을 얻는 것인지도 모르겠소.

윤극영 할아버님과 그 주위의 여러 친구들에게 안부 전해 주시고, 어두워가는 하늘 아래 우리들의 난로가 비어 있지 않고 생명의 불빛으로 항시 충만해 있기를 기원합니다.

내 진정 사랑하는 친구여,

우리들의 잠은 오늘도 평안하여라. 시간이 없어 총총히 적었소.

뿌린 씨는
돋아나기 마련

일요일, 민망스런 미니(최소형) 면회를 한 바로 다음 날 이올시다. 당신에게는 기다림, 그리고 여기까지 찾아온 시간과 기대가 헛되이 허물어진 것도 같았겠지만, 면회란 못하는 수도 있고 그렇게 짧게 하는 수도 있고 할 말을 못하는 수도 있으며 웃다가 시간이 다 가는 수도 있는 아주 다양한 형태인 것입니다.

지난 주일은 뜻 깊은 날이 몇 있었소. 하일동 야학에서 가르친 제자에게서 위로(?) 편지가 왔고 이곳에 같이 있다가 나간 후배가 입대인사차 다녀갔거든요. 그리고 미니 면회도 했고, 운동시간에 상덕이를 만났는데 히죽거리며 웃는 폼이며 휘적휘적 걷는 모습이며 모두가 건강하고 활달한 옛 모습 그대로였소. 삼국지(자기 집에 있답니다)를 보고 싶다고 하데요.

My Dear Better K.

지나간 날에 받은 편지들을 되읽어보며 작문실력이 나이에 비례하고 있음을 재발견했소. 형식을 갖추지 않은 구어체(혹은 대화체) 문장들이 묘하게 앞뒤가 이어지며 말하고자 하는 바를 스스럼없이 나타내고 있더란 말이오. 편지를 써본 일이 거의 없고, 작문을 매우 꺼려하는 성격으로 미루어 보아 그것은 어쩌면 글쓰기를 피해온 그간의 의식적 노력이 낳은 부산물이 아닌가 싶소이다. 평소 글쓰기를 좋아해온 나로서는 그 표현의 스스럼없는 방식이 좀 부러웠소. (이래 놓으면 정말로 부끄러워져서 글을 더욱 쓰지 않을 수도 있을 테니까 이쯤 하고……)

역사와 경제, 그리고 여러 가지 교양 서적을 읽는 최종의 귀착점은 문학에 있소. 문학의 길을 시작하기 위한 예비는 그만치 어렵고 벅찬 것인 모양이오만, 예술이기에 앞서 삶의 원초적인 이해로서의 문학은 스스로 반성을 거듭하고 회의를 거듭하며 기독교적 진리를 추구하는 가장 직선적인 영역일 것입니다. 요즘은 『앎과 삶』을 하루에 두 장씩, 『Cultural Action for Freedom』을 10페이지씩 읽어가고 있소. 망연히 독서를 하며 명상에 잠기노라면 때로는 가슴을 뜨겁게 하는 감동이 스쳐가기도 하고 때로는 저자들이 제시한 실마리들을 나름대로 엮어보는 즐거움이 스쳐가기도 하고 때로는 졸리움과 멍청함이 뒤얽혀 신경을 돋구는 수도 있고……

그런 연속입니다. 뿌린 씨는 돋아나기 마련입니다. 팔짱을 끼고 오만한 기다림을 계속하는 한 씨는 다시 시들어 썩어버릴 것이 또한 명백한 일입니다. 기이한 만남들이 진정 삶의 바름을 위한 것이라면, 그리고 어두워가는 계절의 언저리에 한 치의 대지가 남아 있는 한 삶은 뿌리를 내리는 스스로의 생명의 전개를 그치지 않을 것입니다. 커피잔 속의 평화와 커피잔 속의 폭풍, 그것이 도시인의 매몰된 삶의 진폭이라면 차라리 커피잔을 유기점에 반납해버리고 퇴색하지 않는 마지막 살갗이 드러날 때까지 아픈 '살깎음'을 지속하는 것, 그것이 20년, 아니 10년을 기다리는 기다림의 원위치일 것입니다.

우리늘의 삶이 항상 화평건강하기를 기도하며 여기서 그칩니다.

[추신] 김대식 군은 잘 있으며 그 녀석의 파트너도 잘, 그리고 여전히 웃음이 헤픈가요? (망할 녀석과 그의 친구)

열심히
읽고
열심히
명상하고

"사랑이라는 것은 생산적으로 다른 사람들과 자기 자신에게 관계를 맺는 형태이다. 그것은 상대방에게 책임을 지며, 그의 행복과 성장에 주의하며, 그를 존경하며, 그의 마음의 핵심을 아는 것을 의미한다. 그리고 그것은 다른 사람을 성장시켜 발전시키려는 희망을 내포하고 있는 것이다. 그것은 서로의 본래의 모습을 보호하지 않으면 안 된다는 조건하에 놓여진 두 인간 사이에 맺어지는 친밀감의 표현이기도 한 것이다." 이상의 얘기는 에리히 프롬의 『인간상실과 인간회복』의 156페이지에서 인용한 것입니다.

'응석쟁이'와 '응석받이'는 응석이라는 낱말의 두 가지면을 나타내는 낱말들입니다. 프롬이 쓴 『자유에서의 도피』라는 책에서는 한 인간이 어머님의 탯줄을 벗어나 정신적으로 독립하기까지, 즉 응석쟁이가 응석을 그치게 되기까지 발생하는 고독감과 무력감을 우리가 권위로부터 자유로워지려는 과정과 대비하여 명쾌하게 서술하고 있습니다. 응석을 그친다는 것은 곧 불안과 고독과 무력감을 스스로 감당해야 된다는 얘기이며 이는 곧 응석을 받아주기 위해서 (응석받이가 되기 위해서는) 우리는 또 다른 권위나 모성에 굴복하지 않을 정도의 자기 극복을 경험해야 된다는 얘깁니다. 사실 나는, 이런 엄밀한 의미와는 조금 벗어나기는 한다 하더라도 대학생활의 대부분을, 기댈 언덕을 찾아 헤매는 응석쟁이의 역할에 써왔고 이 기대가 채워지지 않을 때 항시 좌절과 고독을 맛보았던 것입니다. 그러나, 그러한 좌절과 고독은 응석을 받아줄 상대를 다시 찾아 헤매는 소극적 자세 속에서 극복되어질 수는 없었습니다. 그리하여 나는 실로 대담하게도 '응석쟁이'로부터 '응석받이'가 되어보려고 노력하였으며 특히 당신에게는 작으나마 하나의 기댈 언덕이 되어볼려고 마음먹고 있었던 것입니다. 그러나 아직도 내가 '응석받이'가 될 때가 무르익지는 았았었는가 봅니다. 오늘의 상황은 다시 나로 하여금 '응석쟁이'의 역할을 더 하도록 이끌어가고 있기 때문입니다. 이것이 바로 내가 당신에게 가지는 미안함의 근거인 셈입니다.

현재로선 머잖은 장래에 이 미안함을 곱빼기로 되돌려
줄 스스로의 심정을 언어를 빌어 표현하는 도리밖에 없
습니다.

My Dear Better K.
어쩌면 하찮을지도 모르는 조그마하고 표현이 서툰 미
우라 아야코의 『길은 여기에』를 읽고도 못내 감동하여
어쩔 바를 모르는 것은 그 믿음과 그 사랑과 그 신앙이
내 지금의 상황에 가장 접근하고 있기 때문일 겁니다.
열심히 읽고 열심히 명상하여 거듭나기 위한, 사랑하기
위한, 믿기 위한 자세를 다져 나가렵니다. 보내준 책은
잘 받았습니다. 시간과 사정의 제한으로 오늘은 여기서
그칩니다. 다함없는 진실 속에 우리들의 삶이 깃들기를
기원합니다. 건강을!

사랑은, 상대방에게 책임을 집니다.
사랑은, 그의 행복과 성장에 주의하며,
그를 존경하며 그의 마음의 핵심을 압니다

그리고 나는 이 순수의 언덕 위에 내 삶의 이름을 새깁니다.
그리고 나는 이 구체적인 진실 위에 당신의 이름을 씁니다.

클로드 모네, 〈눈 덮인 라바쿠르〉, 1881년

붉은 잉크로

쓴

자기비판과

자기반성의

연습

"인간이 무엇인가를 알게 된다는 것은 그 본원적인
현상에 있어서는 삶의 위기와 관련된 것이다. 아무
문제도 없이 자동적으로 돌아가는 삶에 있어서는
인간의 사유는 잠자고 지성은 시들고 아무 반성도
비판도 있을 수 없다. 참다운 삶, 참다운 깨달음은
언제나 인간을 그의 무거운 타성과 대결하게 만들
고 다시 고쳐 배우게 하고 종래의 안일한 생각들이
나 의견들을 지양하게 한다. 인간은 위기의 강압을
통해서만 참다운 앎과 참다운 깨달음에 이르게 된
다. 그리고 깨달음은 언제나 넓은 의미에서의 자기
비판을 통한 자아인식이다."

—『앎과 삶』, 97쪽

오뚝이의 유래를 아십니까? 요즘 나는 대강 오뚝이의 기원이 다음과 같을 것이라고 생각하고 있습니다. 불교에서의 유명한 고승인 달마대사라는 분이 10년 동안 벽을 대하고 좌선을 하여 깨달음을 얻었는데 10년 동안 좌선한 까닭에 하체가 거의 없어지고 말았었답니다. 다리가 없으나 깨달음을 얻었기에 절대로 쓰러지지 않는 오뚝이였다고나 할까…… 면벽십년面壁十年의 처절한 수도생활이 낳은 쓰러지지 않는 정신과 육신, 바로 이러한 달마선사의 모습에 오뚝이의 기원이 있을거라고.

만해 한용운 선생은 불교 개혁의 기수였고 뛰어난 시인이었고 불굴의 항일 독립투사였습니다. 그는 삼일운동 직후 체포되어 옥살이를 마치고 출옥하던 날, 자기를 마중나온 사람들에게 "여러분 내 선물을 받으십시오" 하고는 가래침을 뱉어버렸다고 합니다. 나는 지금 그 가래침의 뜻을 생각해봅니다. 깊이 수련된 고승인 만해 선사께서 단순한 증오의 표현으로 그랬을 리는 없을 것입니다.
인간의 고뇌와 현실 속에서의 삶의 어려움을 잘 알고 있는 그였기 때문입니다. 이 가래침과 오뚝이의 관계, 달마대사와 만해선사의 관계를 좀 더 생각해보면 하나의 작품이 될 것만 같습니다.

하나의 오뚝이가 내포하는 10년의 수도, 한 줌의 가래

침이 포함하는 3년 옥고, 이는 모두 쓰러지지 않고 청대처럼 곧게 뻗어올라가기 위해 우리들이 필요로 하는 치열한 자기비판과 자아반성의 연습을 의미하는 것입니다. 기독교의 부활의 뜻, 철학에서 말하는 참다운 앎과 깨달음의 뜻, 불교의 대오大悟가 나타내는 뜻은 근본적으로 비판과 반성이라는 두 글자로 집약되는 것인가 싶습니다. 비판과 반성이 거듭되지 않는 한 새로운 나, 새로운 믿음은 공염불에 불과한 것이며 이 비판과 반성은 '부끄러워하는 마음'에서만 가능한 것일 것입니다.

[추신] 말라비틀어진 잉크병에 물을 부어 이 글을 씁니다. 잉크는 묽으나 생각은 짙고, 펜은 낡았으나 상념은 시적(이는 한 편의 시를 쓸 수 있을 정도라는 뜻에서)입니다. 오뚝이, 그리고 만해선사, 반드시 한 편이 나올 것만 같습니다.

사랑은 언제나

슬픔과 증오의

장막을 찢고

태어납니다

To My Dear Better K.

해 저문 거리를 짙게 드리우는 인간들의 그림자는 무슨 호흡을 기억하고 있는 것입니까? 저 무거운, 이제 모든 것이 시들어가는 거리에서 무슨 녹색의 꿈이 영글고 있다는 얘깁니까? 나를 휩싸는 사랑과 믿음이 강렬하면 강렬할수록 내가 내 마음속으로 되풀이하는 반문은 좀 더 어린애스러워지는지도 모르겠습니다. 단순하게 감동하고 순진하게 울먹거리며 앳되게 웃어버리는.

외조모님의 위독을 듣습니다. 일찍이 군대 시절에 나를 가장 아껴주시던 조부님을 잃고 밤새 몸부림치던 기억이 새로운데 이번에는 어떤 면에서는 어머님보다도 나를 정성껏, 지성껏 아껴주시던 외할머님을 잃는

가 봅니다.

그러나 슬픔에 젖어 찔찔거리는 것은 그녀의 아낌과 사랑에 대한 나의 온당한 태도가 되지 않으리라고 생각합니다. 나를 아끼고 사랑해주신 그 애정을 모든 인간들에게 다시 되돌려주는 스스로의 폭넓은 수도만이 외할머님의 운명과 그녀의 사랑에 대한 보답이 될 수 있으리라는 생각입니다. 사랑은 언제나 슬픔과 증오의 장막을 찢고 태어나는 것임을 나는 지금까지 믿어왔기 때문입니다.

책은 잘 받았습니다. 단, 『지식인의 환상』은 『일차원적 인간』과 마찬가지로 불허되어 들어오지 않았습니다. 지금 내게는 읽기에 충분한 책이 있으니 그 점은 염려놓으시기 바랍니다. 책을 읽고 다시 명상하는 시간을 갖다 보니 독서의 속도가 조금 늦어지는가 봅니다. 앞으로는 기독교서회의 현대신서 중에서, 『한국의 기독교회사』 『성서의 실존론적 이해』 『성경의 형성사』 『역사와 증언』 『자아확립』 『세계를 움직이는 이념들』 『현대신학자 20인』 『인간화』 『그리스도의 죽음』 『예수와 그의 시대』 『그리스도의 삶의 의미』 『빈곤에 도전하는 기독교』 『그리스도의 몸이 되어』 등을 일주일이나 이주일에 한 권씩만 넣어주십시오. 그리고, "마음은 넓고 깊게 가지되 행동은 가볍게"라는 말이 있습니다. 편지 종종 주었으면 좋겠고 면회는 '밥을 굶으며' '수업을 빼먹으며'

오시진 마세요. 밥을 먹고 수업을 다 받으며 레포트와 시험을 충분히 준비하며 간혹 들리다가, 방학이 되면 자주 오는 것이 좋지 않을까요? 나는 '미니 면회'든 '나 홀로 면회'*든 왔다 갔다는 흔적만 확인하면 충분히 즐거울 수 있지만 그쪽은 시간의 소비, 신경의 예민, 정신적 피로가 겹칠 것이 아닙니까. 언제 어느 곳에 어떤 모양으로 존재하더라도 나는 굳건하게 당신과 함께 있음을 전하며 이만 줄일까 합니다. 클로버는 하나만 가지라고 했지만, 때에 따라서는 더 요구할는지도 모르겠습니다. 그땐 더 주시리라 믿고 있기에(아무리 욕심쟁이라지만 세상에 스스로 욕심쟁이라고 선언하는 욕심쟁이치고 진짜 욕심쟁이가 어디 있겠습니까? 하하하.)

---

* 면회를 하러 면회실에 나갔다가 허탕치는 경우를 말함.

당신이라는
난로를
덮이기 위한
겨울연료 준비

"인간의 인식은 언제나 일정한 '의도'나 '관심'에
의해서 이끌려 간다. 그러나 그러한 의도나 관심
은 일정한 사회적인 상황 속에서 느끼고, 괴로워
하고, 싸우고 하면서 살아가는 인간 존재에 근거
하는 것이다. 그러므로 앎은 피와 땀을 빼버린 이
성이라는 맑은 증류수의 소산이 아니고 피와 땀으
로 살아가는 인간존재의 소산이다. 그러므로 하버
마스는 다음과 같이 말한다.
'어떤 진술들이 진리냐 아니냐는 것은 그 사람의 진
실된 삶의 의도에 달려 있다'고." ──『앎과 삶』, 168쪽

15일에 (나 홀로 면회하던 날) 보내준 편지를 오늘 받았습

니다. 자명한 대답을 (이미 해답이 나와 있고 또 그 해답을 몰래 보고나서 시치미를 떼고서) 요구하는 몇 가지 질문들을 읽으며 소리없이 웃음을 지었습니다. 칭찬, 그것은 그다지 노력하지 않고 얻어낸 자연스러운 것이었습니다. 내 글을 다른 친구에게 보이는 것은, 당신 마음이지 내 마음인가요? 부끄럽긴 하지만 괜찮겠죠. 삶의 얽매임을 모두 끊어버리고 싶은 주기적인 생각, 그것은 누구에게나 마찬가지겠죠. 그러나 그러한 절단하고 싶은 충동은, 얽매임이 가져오는 불안과 피로를 극복하고 그 위에 낀 이끼와 먼지를 제거하여 본래의 모습으로 돌아가려는 진정 인간적인 몸부림을 벗어나서 패배와 좌절로의 역행이라면 안 하느니만 못한 것이 될 것입니다. 자기를 세우는 일, 핵심은 바로 이것인 것 같습니다. 자명한 것을 의심하고 비판하는 것이 모든 진정한 지식의 기반이라고 『앎과 삶』에서는 말하고 있지만, 우리들이 자기를 세우는 삶의 기반 역시 끊임없는 자아성찰 reflexion로 깨달아진 상태여야 할 것입니다. 그날 보고 싶었느냐는 어리석음을 가장한 욕심쟁이의 물음, 대답해야만 할까요? 18세기의 기사라면 무릎을 반쯤 구부리고 멋진 포옴을 한 번 잡아 볼 것도 같은데, 글쎄 지금은 어떤 포옴을 잡아야 소문나게 멋있을 것인지……. Yes Sir. Yes Miss.

겨울이면 사람들은 흔히 추위와 삭막함을 연상하거나

난로를 연상하는데, 나는 좀 다릅니다. 눈을 녹여 쌀을 씻어 밥을 해먹고 눈 속에서 눈과 더불어 지새우고 눈 위에서 대부분의 생활을 하던 전방의 겨울은 내게 '겨울은 정련精練의 계절'이라는 인식을 심어줬기 때문입니다. 추위가 추위를 의식하지 못할 정도로 막강할 때 우리는 차라리 냉정해지고 대담해지는 속성을 가지고 있거든요. 알뜰한 충고에도 불구하고 밤에 독서하는 것은 더욱 열심히 할 것이며 당신이라는 난로를 때기 위한, 덮이기 위한 겨울 연료 준비라면 무엇이든 (비이성적으로) 불사하는 무리함도 있을 것입니다. 허나, 내 눈은 독서에 의해서 밝아지는 눈이고 내 육신과 정신은 고난 속에서 더욱 열을 축적해 나가는 정신과 육신인 만큼 걱정하실 필요는 조금도 없습니다.

Lovely냐 Unlovely냐를 강요하는 선택식 시험문제는 그 수법이 심히 악랄하여 나를 분노케 합니다. 온간 매스컴을 다 동원하여 씨. 엠. 방송을 해줘야 할까 봅니다. 그것도 찢어질 듯한 커다란 음성으로 되풀이되는…… 하하.

건강을 기원합니다.

Lovely, Lovely, Lovely하기만 한 당신!

카미유 피사로, 〈부아쟁 마을 입구〉, 1872년

우리 함께 있음과

　　　함께 살고 있음이

모두

　　　하늘의 덕입니다

지난 21일에 있었던 첫 공판은, 여유가 없었던 관계로 연락해 드리지 못했습니다. 뒷 소식은 들어서 아시리라 생각하고 또 그럴 만한 이유가 있으므로 자세한 얘기는 생략하겠습니다. 아마 다음 공판은 12월 5일에 있을 것으로 추정됩니다만, 공판정에는 되도록 안 오시는 것이 좋을 것입니다.* 다만, 길고 어려운 역경이 지극히 사소한 분량의 시간을 보내면서 너무 호들갑을 떨었지 않았는가 싶어 조금씩 부끄러워지는 중입니다.

---

* 1심 재판에서 징역 2년 6월, 자격정지 2년 6월을 언도받음. 후에 2심에서 2년으로 감형됨.

My Dear Better K.

날씨가 제법 싸늘해져서 오늘 아침에는 얼음이 얼었습니다. 호호 손을 녹이며 기도를 통하여 온기를 얻었다는 어느 전도사님의 얘기를 기억해봅니다. 몰아의 경지에 이르른 예술이 우리에게 뜨거운 피를 흐르게 하듯, 몰아의 기도는 기온조차 개변시킬 수 있기도 할 것입니다. 날씨가 차가와지면 몸을 움직이기가 귀찮아지고 자꾸 생각을 옛날로 돌려보내려는 유혹이 제법 활기를 띱니다. 이육사의 「절정」이라는 시를 아십니까? 서릿발 같은 의지로, 치열한 정신으로 삶의 어려움을 극복해가는 육사의 기백이 담긴 시였던 걸로 기억하고 있습니다.

내 결코 장작을 준비하기가 게을러서가 아니라, 지금은 연료를 아낄 때라 싶어 하는 얘깁니다만, 방학이 시작되기까지는 시험도 있을 테고 날씨도 변덕스럽고 그러니 되도록 면회 대신 편지로 연락을 해봅시다. 내 말의 뜻을 곡해하여 더욱 자주 온다든지, 아주 안 와버린다든지 하는 극한으로 흐르는 일이 없도록 거듭 부탁드리며 여기서 그칠까 합니다. 이제 겨우 반년이 흘렀습니다. 반년 정도의 세월이 지루하고 갑갑하다면, 앞으로 견뎌야 할 우리들의 삶은 너무나도 허약한 것이 아니겠습니까? 『앎과 삶』을 읽으며, 진리는 결국 사변적 철학자나 일선 사회운동가나 모두 본질에 있어서 똑같게 인

식한다는 것을 절실히 느꼈습니다. 어제부터『인간상실
과 인간회복』을 읽기 시작했습니다. 시간이 나거든 카
잔차키스가 지은『최후의 유혹』이라는 소설을 읽어보
십시오. 방대하여 하루 이틀에 읽기는 힘들겠지만 참
좋은 책이라는 소문입니다. (나도 소문만 들었지요.) 이번
편지에는 그동안 읽은 책들의 독후감을 써볼까 했는데
엉뚱한 얘기로 채우고 말았습니다. 함께 있음과 함께
살고 있음을 하늘의 덕으로 돌리며,

[추신] "여자들은 추운 곳에 오래 머물면 좋지 않느니라"는 어른
들의 얘기를 나도 알고 있습니다. (나도 새끼 어른이니까.)

먼 길을 걷는 도중에는
시냇물도 있고
언덕도 있으며
날씨조차
고르지 않기도 합니다

정숙 씨에게,

오늘, 하나둘 첫눈이 가물가물 내려오는 걸 보았습니다.

서설瑞雪인 셈입니다.

그런 연유로 서신왕래가 다시 가능하게 됐습니다.

그간의 답답스러움이 무엇이었든지 간에 조용히, 그리고 신중하게 주어진 책임을 성실하게 이행하며 살아가면 그뿐입니다.

먼 길을 걷는 도중에는 시냇물도 있고 언덕도 있으며 날씨도 고르지 않은 법이 아니겠습니까?

---

* 단식 투쟁으로 인하여 운동, 면회, 집필 등이 중지당했었음.

저는 언제나 잘 있었으며 현재도 잘 있고 앞으로도 잘 있을 것입니다.

지난 일요일에는 종일토록 찬송가 〈저 높은 곳을 향하여〉와 〈금관의 예수〉를 불러보았습니다. (물론 남이 들으면 귀가 이상해질 테니 조용히 허밍으로 불렀죠.)

앞으로는 눈 오시는 날은 합동기도일로 삼고 조용히 묵상하는 시간을 갖도록 해봅시다.

하나님에게 전적으로 의존하는
어린아이가 아니라 하나님 앞에 책임을 지는
성인된 교회, 성인된 교인을 지향합니다.
나는 이렇게 성인이 된 그리스도교에 귀의한 것이지
오늘의 고통에서 벗어나려고
종교 속으로 도피한 것은 아닙니다.

카미유 피사로, 〈암자에 있는 큰 호두나무〉, 1875년

괴로움은 언제나,
견딜 수 있는 이에게
신이 부여해주는
신뢰의
표시입니다

오늘은 성탄일입니다.

이 해를 보내는 막바지에 서서 나의 의식세계를 오르내린 여러 가지 상념들과 나의 감관을 스쳐간 체험들을 되살펴보며, 남겨두고 보존 신장시켜야 할 것들과 청산하고 반성의 대상으로 삼아야 할 것들을 구별해봅니다. 지난 한 해 동안의 모든 일을, 또다시 새로운 한 해를 찾아가기 위해서, 일단 짐을 꾸리고 짐마다의 의미에 따라 목록을 작성해보는 것입니다.

그리스도가 요한으로부터 세례를 받고 나서 광야에 나아가 고독과 시험을 거쳐 비로소 인류의 구원자로 나타났던 기독교적인 교훈은 나의 한 해가 광야의 한 해가 되도록 미리 준비되어진 '인간화' 과정의 가장 철저한 단계임을 시사해주고 있습니다. 그리고, 예수는 우리가 미화하고 신성화시키는 찬미의 대상이 아니라 인간화된 인간들이 서야 할 '위치'임을 체험하도록 해준 뜻깊은 한 해였습니다.

보편적인 '인간'에 대한 믿음과 사랑을 토대로 보편성을 뛰어넘는 특수성의 믿음과 사랑이 얻어질 수 있었던 우리들의 지난 한 해는 그것이 지닌 애처로움과 괴로움으로 인하여 더욱 실감있게 우리들의 가슴에 빛과 어둠의 뜻을 각인한 세월이었습니다. 괴로움은 언제나 참을 수 있는 자에게 부여해주는 신의 신뢰의 표시인 것입니다.

Thinking of you……. 잡범들과의 생활은, 군대에서 소총수로서 보낸 뜻 깊은 3년을 마무리지워주는 가장 의미있는 신의 계시였습니다. 그들을 알고, 그들을 이해하고 그들과 함께 사는 생활은 내 생활과 사고의 체계에 가장 구체적으로 맞부딪친 새로운 지평이었기 때문입니다.
성탄과 연말, 새해를 맞아 언제 어느 곳에 서더라도 반성과 인간화의 입장을 벗어나지 않는 서로이기를 기원합니다.

[추신] 금년 각 분야별 인상 깊은 책의 목록

　종교: 『무신론자를 위한 예수』 - 마코비치

　역사: 『3·1운동』 - 안병직

　소설: 『客地』 - 황석영

　시:　『이곳에 살기 위하여』 - 폴 엘뤼아르

　사상: 『지상에 저주받은 자들』 - 프란츠 파농

　교육: 『Pedagogy』 - 프레이리

　철학: : 『Povery of Historicism』 - K. Popper

　　　　『앎과 삶』 - 이규호

사랑과
믿음의
수를
놓을
시간

새해는 도약과 만남의 해!

To My Dear Better K.

2년 6월, 이미 6월은 살아놓은 것이고 나머지 2년, 까짓것 반성과 단련의 기간으로 삼고 대학원 과정[*]까지 이수해버리죠 뭐. (그건 그렇고……마지막 해의 5월 축제에는 파트너로 나갈 수 있는 유자격자가 될 터인즉, 지금 장기 계약을 합시다.)

새해에는 항소심이 끝나면 대학원 1년 과정을 즉각 시

---

[*] 교도소를 대학교, 또는 대학원이라 부름.

작하여, 긴 항해의 나침판으로 삼을 예정입니다. 전공은 어학(영어·일본어)과 사학으로 생각하고 있소이다.

먹고살아가려면 어학이 타의 추종권을 벗어나야 되겠고 보다 깊은 공부를 위해서도 필요할 게고…….

편지 좀 주소.

학과 선택 문제는 어떻게 되고 있는지, 그리고 대학교회는 나가고 있는지 등등.

[신년사]

체세포마다에 자유의 혼을 새겨넣던 군생활 3년의 대지 위에 이번에는 정신체계의 신경 올올마다에 사랑과 믿음의 수를 놓을 시간이외다. 다시 만나는 날까지, 우리 둘의 수련이 부모, 형제, 친지의 정성에 답하고 이 땅의 응달에 숨겨진 형제들에게 빛을 주는 것이기를 항상 되새기고 기도합시다. 사랑하는 이여, 새해에 다시!

자유의 길, 그것은
인간으로
존재하기를 고집하는
자기반성과 자기성찰의
길입니다

간혹가다가 이런 생각을 할 때가 있습니다. 등산 도중에 아무도 발견할 수 없을 때 느끼는 고독이, 주위에서 들려오는 동행자들의 휘파람소리보다 더 짙고 어두운 진실을 가르쳐주지 않는가 하는 생각 말입니다. 이것은 곧, 우리들이 평범한 삶의 길에서 때로는 홀로 서서 지나온 길을 반성하고 자기 자신을 철저하게 부정해보는 철학적(혹은 인간적) 자기성찰의 계기를 필요로 한다는 얘기이기도 합니다.

남은 2년, 보다 더 처절한 자기와의 대결을 각오하지 않는다면 허송의 세월 또는 상실과 잊음의 통로일 수도 있을 것입니다. 그러나! 짙은 방성과 철저한 반성의 피

79

안으로 넘겨다 보이는 우리들의 세계는 나의 진실과 나의 반성과 나의 성찰이 위장된 진실에 뿌리박고 있는 것이나 아닌지 몹시 가슴을 파고드는 때가 있다는 얘깁니다. 그러기에 나는 내가 사용하는 낱말, 내가 써온 개념들의 (가장 근본적인 경우는 '믿음' '사랑' '인간'이라는 낱말, 개념) 밑바탕에 내 자신이 뿌린 자양분, 진실의 분량이 지극히 보잘것없는 것이나 아닌가 하는 자기부정을 경험하는 것입니다.

목이 마릅니다. 보다 더 철저한 자기성찰에 이르르고 보다 더 명확한 낱말과 개념들을 갖기 위해 나의 현재는 너무도 안일하고 너무도 나태에 빠져 있는 것, 갈증, 바로 그것입니다. 그러나 나의 갈증을 인식하고, 나의 부족과 나의 결점을 인지하는 능력이 아직 내게 남아 있는 한, 나는 희망을 가지고 이 길을 변함없이 걸을 수 있으리라는 확신에 이르릅니다. 자유의 길, 그것은 바로 인간으로서 존재하기를 고집하는 동안에 걸어지는 반성과 자기성찰의 길일 것입니다.

[추신] 정숙 씨가 다녀간 바로 뒤에 어머님이 오셨다가 허탕을(?) 치고 돌아가셨다고 합니다. 혹 마주치지나 않았는지 모르겠군요. 책은, 일주일에 한 권씩(현대신서 중심으로)만 넣어주십시오. (기온이 내려가면 잉크가 얼어붙고, 가끔 동이 나기 때문에) 자주 글을 쓸 수가 없으니 그리 아시압.

절대한
고독의
시간

삭발과 절대 고독의 변辯

정작 살라먹은 불길을 이 겨울의
절정絶頂에 쏟아,
그대여 이제는 우리 보이지 않는
서로의 모퉁이를 구비 돌아
말없는 수도修道의 정도程途에 이르렀나니,
보이기 저어하다, 파르라니 벗겨버린
이 머리,
수련修練의 고행苦行을 머금은 이 심장
이 절대한 자아自我 확립의 철뚝길⋯⋯
가라, 어둠 속에 머뭇거리던
요행의 손길,

그리고 가자, 칠흑의 대지로 뚫린

그대의 길, 그리고 나의 길,

그대의 눈에도 보이는가,

역사의 뒤안길을 치달리는 절정의

불길,

이 겨울의 정통을 뚫고 흐르는

마음의 불길,

영겁을 계속하여 우리들의 조상과

우리들과 우리들의 후손들의 땀이

얼룩져 그려나갈

삶의 치열함과

죽음의 견고함……

시시한 걱정과 잡스러운 불안의

꼬리를 잡고 진정 창조의 몸부림으로

요행과 그 동류의 거짓들을,

이 불안스러운 거짓의 꼬리를,

뽑을진저!

1976년이여.

[추신] 『세계를 움직이는 이념들』은 들어오지 않았습니다. 머리를 홀랑 깎아버렸습니다. 속세를 등진 지금 내게 필요한 것은 세속적 행복보다는 절대한 고독의 시간들이며 이 시간들에 쏟는 나 자신의 철저한 수도정신일 따름입니다. 밖에서 만나는 그날까지, 되도록

면회를 삼가면서 대지에 씨앗을 뿌리는 이 고독한 젊음의 앞길을 지켜보아주시기 바랍니다.

Good bye! till we meet again

Good Bye! Till We Meet Again.

카미유 피사로, 〈마를리 공원의 골목〉, 1871년

이름 없는
별 하나에
시가 있고
당신이 있고
부모가 있고
세계가
있습니다

답답하여라 아직도 이 땅은 봄이 아니니, 그대 듣는가?

창문을 열고 밤 하늘을 바라보며 이름 없는 별 하나에 시선을 맞춰봅니다. 별 속에 시가 있고 당신이 있고 부모가 있고 세계가 있다고 생각하면, 나의 시선이 그것들과 나를 연결하며 갖가지 철학적 사념들을 구체화시켜줍니다. 다시 별을 옮겨봅니다. 이렇게 개개의 별들에 의미를 부여해놓고 보면, 돌연 어둠 속의 하늘은 의미 있는 것이 충만한 역동적인 공간이 되어버립니다. 삶의 세계

속에 밤 하늘이 편입되는 새로운 경험입니다.

많은 길을 걸어왔습니다. 먼 길을 달려왔습니다. 지나쳐 오는 동안 낭만도 고뇌도 모두 스쳐갔습니다. 그리고 앞으로도 그럴 것입니다. 그러나, 우리는 우리들의 웃음 속에 숨은 괴로움의 씨앗을 경시했고, 호의 속에 숨은 회의의 싹을 무시했고, 믿음 속에 가리운 불신의 어둠을 외면했고, 희망 속에 스며든 체념을 착각해버리지는 않았던가요? 우리는 우리들의 현재에 믿음이 있고 우리들의 미래에 희망이 있음을 지나치게 강조하여 오늘의 괴로움으로부터 벗어나고자 해오지 않았던가요? 그러한 우리들의 태도는 하루 하루의 고통을 무마하기에는 좋았는지 모르지만 우리들에게 닥친 문제들을 정면에서 극복하는 힘을 주지는 못했던 것 같습니다. 우리들이 가지고 있는 모든 근본적인 문제들을 끊임없이 성찰하면서 오늘의 안주에서 벗어나 새로운 나, 새로운 우리, 새로운 미래의 세계를 설정하기 위해 우리는 매일같이, 내면의 문을 두드리는 그리스도의 노크소리를 구체적으로 받아들여야겠습니다. 한곳에 머물러 안주하여 잠들어버리는 인간의 불구성과 제한성을 일깨우기 위해 그리스도는 미래를 향하여 폐쇄된 안일과 타성의 문을 열도록 지금 이 순간도 문을 두드리고 계십니다.

똑, 똑, 똑.

한 사람을
사랑의 상대자로
택할 때,
나는 이미 그의
곱고
아름다운 면뿐만 아니라
어둡고
불안정한 면까지도
믿고 사랑하겠다는
결심을 한 것입니다

My Dear Better K.

먼 항해 끝에 귀항한 순항선마냥 들뜬 기쁨과 새로운
생각들 속에 며칠을 보냈습니다. 토끼 한 쌍이 그려진
카드의 내용을 읽으면서 맨 처음에 느꼈던 당황스러움,
그리고 무엇인지도 모르게 자꾸 무너져내리는 듯한 감
정, 그런 것들을 올바른 문맥에서 이해해보고자 나는

지금껏 받아온 열 장의 편지들을 순서대로 서너 번 읽어보았습니다. 그리고 한용운의 시집을 받던 맨 처음의 그 뛸 듯한 기쁨에서 그간의 여러 가지 일들, 그리고 바보와 바보의 애인, '어린이 대공원'으로 내 안부를 전한 이래의 편지왕래를 거듭 되새겨보며 흐려지고 퇴색해 가는 내 열정의 심장을 닦아보았습니다. 그렇습니다. 모든 갈등의 원인은 단 하나 우리들의 아직도 약한 사랑과 믿음, 거기에 있는 것입니다. 나날이 새롭게 나 자신을 세우고자 하는 세찬 노력의 결핍에서 오는 무력감, 바로 그것입니다.

나는 다시 나 자신의 현재의 위치를 되살펴보며 나의 이러한 견해에 타당성을 부여하고자, 내가 애당초에 지녔던 다음과 같은 심정을 다시 한 번 밝혀봅니다 "한 사람을 사랑과 믿음의 상대자로 택할 때 나는 이미 그의 곱고 아름다운 면뿐만 아니라 어둡고 불안정한 면까지도 믿고 사랑하겠다는 견고한 결심을 했다"고 하는 지극히 평범하면서도 단호한 결단을 말입니다.
나는 다시금 빛과 은혜의 감사함을 뼈저리게 느끼면서, 나와, 당신, 그리고 우리를 있게 하고, 우리를 믿게 하고 우리를 사랑하게 하고, 우리를 소망 속에 살게 하는 모든 사람들과 모든 사물들, 그리고 이 모든 것을 주재하고 계신 역사 속의 하나님에게 기도를 올려봅니다. "아버지여, 저로 하여금, 그리고 정숙 씨로 하여금, 동시에 우리로 하여금, 스스로 인간다운 길, 평화로운 길을 개척해갈 수 있도록 주시해주시옵고 우리들이 절망에 빠졌을 때 우리 스스로의 힘으로 일어서도록, 그리고 우리들이 희망 속에 기뻐할 때 이웃의 아픔들을 유의하도록 항시 지켜보아 주옵소서."

항상 되풀이하듯이, 나는 기후적인 추위 정도는 그 정도가 아무리 엄청나더라도 개의치 않습니다. 눈밭에서 생활하던 군대생활의 경험이 나를 지탱시켜주고, 우리들이 피우는 사랑의 연결이 마음을 녹이고 있기 때문입니다.

마지막으로 나는, 지금까지 누구에게도 하지 않았던 말을 문서화시켜 봅니다. (이것은 말이 문제가 아니고 실행이 문제겠습니다만) "차후로는, 나의 사상과 신념의 영역에서도 어머님과 당신의 간섭과 참여를 고려하겠다"는 선언입니다. 생활과 신념의 일치, 이 거대한 고통과 고뇌는 이것으로서 제일차적인 해결을 얻은 셈입니다.

[추신] 편지 자주 써보십시오. 진실, 그것이 흩어진 것이든 정리된 것이든 그것이 진실을 나타내는 한, 그리고 그것이 당신의 진실을 표현하는 한, 그것은 내게 있어서 언제나 기쁨이기 때문입니다. 요즘은 혼자 있으니까, 명상의 기회가 자주 있어 책을 읽고 반성하고 되새겨보기도 하고 보고 싶은 사람들 (대개 한두 사람이지만, 그거 뻔한 거 아닙니까.) 생각도 해보고, 참 좋습니다. 자, 그럼 오늘은 여기서 안녕히!

얼어붙은 잉크를
체온으로
녹여서 쓰는
행
복!

My Dear Better K.

보고서 기분 나빠 하지 말라던 바로 그 편지를 받고서
이 글을 씁니다. 글쎄, 기분이 좋고 나쁘고가 그렇게 뜻
대로 되는 것인지는 모르겠습니다만, 이상하게도 나는
그 편지를 받고서 매우 기분이 상쾌했습니다. 냄새가
향긋해서 우선 기분이 산뜻했고, 내용 중의 놀람, 당혹
감의 표시가 그런대로 의외의 느낌을 주면서, 내가 쓴
엽서가 그렇게 읽혀질 수도 있구나 하는 기묘한 느낌을
받았습니다. 좀 더 '위대하게 전진'하기 위해서 좀 더
차분한 '믿음의 지평 위'에 서기 위해서 서로가 자기의
현위치를 되살펴보고 반성을 해본다는 것은 참으로 좋

은 현상입니다. 다만, 내 엽서가 너무나 급작스럽게 당신을 놀라게 하고 괴롭게 했다는 것은 방법이 졸렬했기 때문이었습니다. 그 점 대단히 미안하게 생각하면서 다음부터는 그런 일이 되풀이되지 않도록 유의하기로 하겠습니다.

정숙 씨의 어머님이 넣어주신 담요. 그것이 갖는 의미를 나는 이렇게 이해하고 있습니다. "앞으로 나오거든 우리 딸을 위해 보다 열심히 살아라" 하는 당부의 말씀으로 말입니다. 실로, 조그마한 선물이라 했지만 내가 이제까지 받아본 어떤 선물보다도 가슴 깊이 파고드는 은혜로움을 느끼게 해준 커다란 선물이었습니다. 때가 오면 그 은혜로움에 감사를 드릴 수 있는 기회가 주어지리라고 믿으면서 우선 이 정도로 감사의 말씀을 드립니다.

불만이 하나 있습니다. '못난이'니 'Unlovely Friend'니 하는 칭호는 언제부터 쓰기 시작했는지 모르겠지만, 내 견해로는 그것은 분명히 좋지 못한 어투입니다. 자학은, 때때로 자기의 성장을 위해 필요한 것이기도 하지만, 정숙 씨의 경우에는 공생共生의 입장에선 또 하나의 분신에 대한 실례입니다.

나는, '끝장'이니, 어쩌니 하는 말을 상상조차 하지 않았고 그런 뜻의 글을 쓰고자 한 적이 전혀 없었음을, 노파심에서 덧붙여 둡니다. 처음이 중요했기 때문에 그

처음의 중요성을 잊지 않으려는 노력이 중요한 것이며, 이 노력의 거듭에 의해서 끝 간 데 없는 곳까지 우리들의 세계를 세워가야겠습니다.

[추신] "범사에 감사하라"는 그리스도의 말씀이 자꾸 생각납니다. 내가 왜 남의 뒤통수를 칩니까? 안아주지 못할망정 치긴 왜 쳐요? 내 눈초리가 차겁습니까? 천만에, 난 언제나 이 겨울의 결정을 녹이기 위해서 타는 듯한 눈초리요, 뜨겁고 따사로운 눈초리였지, 차가웠던 기억은 없습니다. 자! 오늘은 여기서 그칩니다. (얼어붙은 잉크를 체온으로 녹여서 쓰는 행복, 이것도 은혜의 손길이라 여겨봅니다.)

"앞으로, 감옥에서 나오거든 우리 딸을 위해
보다 열심히 살아라"라는 당부의 말씀으로 읽히는,
정숙 씨 어머님이 넣어주신 담요!

클로드 모네, 〈루엘 근교의 풍경〉, 1858년

선택과 책임은
성인이 되기 위한
관문

My Dear Better K.

지난 목요일에는 아버님이 처음으로 다녀가셨습니다.
불과 반년이 조금 넘었을 따름인데 상당히 늙어 보이셨
으며 기력도 눈에 띄게 줄어 보이셨습니다. 나의 수난
으로 점철된 대학생활이 가져다준 무거운 짐을 침묵 가
운데 감수하시느라고 속으로 눈에 안 보이는 연륜이 쌓
였던 모양입니다. 어머님이 직접적이라면 아버님은 간
접적인 셈인데, 지금까지 드러내놓고 나를 꾸짖어보신
적이 없었습니다. 이번에도 아무 말씀 하시지 않고 돌
아가셨습니다. 허나, 무언이 드러내주는 깊은 고뇌와
사랑의 채찍질은 차라리 웅변보다 큰 것이었습니다. 직
장을 쫓겨나신 그 아픈 현실들이 새삼 새롭게 다가서는

듯했습니다.* 이제는 내 차례다. 이제는 나로 인하여 파생된 문제들을 나 스스로가 해결해가야 할 순서가 되었구나 하는 점에서 말입니다.

앞으로는 대학생활에 대하여 많이 얘기를 나눠봅시다. 대학은, (나의 견해로는) 구체적인 전문지식의 축적보다는 학문의 세계에 접근하는 기본적 자세(즉 방법론의 문제)를 익히고 다양하고 자유로운 분위기를 호흡한다는 데 의미가 있는 것 같습니다. 열려져 있는 선택의 문에서 과연 어떤 것을 선택하는 것이 가장 좋으냐 하는 문제와 일단 선택한 것에 대해서 어떻게 책임을 다 하느냐 하는 문제, 이것은 대학 안에서 가장 역동적으로 체험되는 인생 전체의 문제인 것입니다. 선택과 책임은 바로 우리가 성인이 되기 위한 관문인 셈입니다.

요즘 새롭게 드러나고 있는 신학과 그리스도교의 문제도, 우리가 하나님에게 전적으로 의존하는 어린아이 내지 노예가 아니라 이미 하나님 앞에 책임을 질 수 있는 성인이 되었다는 자각에서 출발하고 있습니다. 성인은 스스로 선택하고 책임을 지는 것입니다. 그리스도를 선택한 이상(또는 그리스도에게 선택받은 이상), 그의 뜻을, 책임을 지고 이 땅에 펴야 하겠다는 성인된 교회, 성인된

*　필자의 데모사건으로 면장직에서 파면당했음.

교인을 지향하는 것입니다. 나는 이렇게 성인이 된 그리스도교에 귀의한 것이지 오늘의 고통으로부터 벗어나려고 종교 속으로 도피한 것은 (이런 경우 종교는 진통제, 아편에 불과한 것이겠지요) 아닙니다.

대학이 가지는 궁극적인 문제는 선택과 책임의 기반을 다지는 것에 있다는 얘기, 그리고 교회와 종교도 그런 각도에서 바라보고 싶다는 얘기로 오늘은 그치겠습니다.

　[추신] "감기 안들었어요?"

희망 속에 절망을, 절망 속에 희망을
(오늘은 정말 두 번 보고 싶은 날이었습니다)

My Dear Better K.

지난 며칠간이 너무 추웠던 탓인지, 오늘은 마치 봄인 양 푸근합니다. (면회를 마치고 들어와 쓰는 글입니다.) 그래서 그런지 운동을 하는 마음도 한결 가벼웁고, 또 오늘 본 당신의 모습은 한결 봄스러워 보였습니다.

사람들은 흔히 희망(빛, 은혜)과 어둠(절망)을 마치 하나가 있으면 다른 하나는 없어지는 양자택일적인 것으로 보고 있습니다.

그러나 우리들이 마주치는 현실은 그것이 속세인 것이든, 영적인 것이든, 절망과 희망이 복합된 상태로 나타나는 것이지 순수하게 어느 하나만 존재하게 되지는 않습니다. 바꿔 말하면, 희망 속에서 절망을 보고 절망 속에서 희망을 볼 수 있는 것이 우리들의 세계입니다. 그렇기 때문에 우리들이 진정 희망 속에서 오늘을 살려면, 이 희망을 밑바닥에 갈앉아 있는 절망의 모습을 옳게 인식하고 희망과 절망의 팽팽한 긴장관계를 정당하게 파악할 수 있어야겠습니다.

빛 속에서 어둠을 경계하고 어둠 속에서 빛의 씨앗을 보는 안목을 가질 때, 어떠한 어둠도 결코 어둡게만 보이지는 않을 것이고 어떠한 빛도 밝게만 보이지는 않을 것입니다. 우리들이 빛과 희망에 안주할 때 우리는 쾌락주의에 빠지기 쉽고, 우리들이 어둠과 절망 속에 잠겨들 때 우리는 패배주의에로 타락하기 쉽습니다. 이러한 희망과 절망의 중층적인 구조를 우리들의 인식의 영역 안에 확보할 때, 나는 삶 속의 희망, 삶 속의 빛, 삶 속의 은혜를 봅니다.

이 빛과 희망과 은혜는 때로는 그리스도를 매개로 하여 주어지고 때로는 당신을 통하여 주어지고 때로는 나 자신의 반성에 의해서 주어지고 있습니다. 참 희망(빛, 은혜, 소망)의 길은 앞으로도 언제나 그러할 것입니다.

자칫하면 들뜨기 쉬운 마음(봄, 자연의 힘은 그렇게도 큰 것입니다)을 가다듬으며, 또 다시 한 번 면회를 하고픈 (이것은 정말로 욕심스러운 소립니다) 충동을 잠재우며, 다시 책을 읽고 생각을 정리해봅니다. 오늘은 정말 두 번 보고 싶은 날이었습니다.

서로의
'삶'에 대한
선의의 간섭과 참여가
이루어졌다는
기쁨

My Dear Better K.

그동안 보낸 (체온으로 잉크를 녹여서 쓴 그 소중한) 편지들
이 손에 닿지 않았다는 뉴스를 듣고, 아마 주소착오가
아닌가 염려해보며 성북구 주소로 써봅니다.

그간 쓴 글의 내용을 간단히 언급하자면 대략 다음과
같습니다. 정숙 씨 어머님의 '조그마한' 선물을 받고서
감사의 말을 무지무지하게 적었었고, 새로운 전기를 맞
아 '사랑의 단계를 한 차원 더 높이며' 내가 맛본 기쁨,
(우리를 있게 하고 우리를 사랑하게 하고 우리를 한 방향으로 이
끄는 모든 존재들과 그 존재들을 주재하시는 하나님에의 감사),
그리고 하나님에게 전적으로 의존하는 어린아이로서가

아니라 하나님 앞에 책임을 질 줄 아는 성인으로서의 교회의 본질, 절망과 희망을 양자택일적인 것이 아니라 서로 복합된 형태로 존재하는 것이며 이 둘을 긴장 속에서 함께 인식할 수 있을 때 (희망 속에서 절망을, 절망 속에서 희망을) 우리는 진정 참된 의미의 희망을 볼 수 있으리라는 것, 이러한 희망이 그리스도의 말씀을 통해서, 당신을 통해서, 나 자신의 반성을 통해서, 주어지고 있는 지금 나는 분명 은혜와 빛 속에 있는 나의 모습을 보고 있다는 등이 언뜻 생각나는 내용입니다. 아울러 '못난이'니 'Unlovely Girl Friend'니 하는 말은 '직계 가족'으로서 언급할 내용이 되지 못함을 지적했고 안아도 부족할 것을 뒤통수를 때렸다느니, 차가운 눈으로 보고 있다느니 하는 오해 아닌 오해에 대한 따뜻한 답변이 적혀 있었을 겁니다.

냉수마찰을 안 했으면 좋겠다는 내용이 담긴 편지를 받고 느낀 점:
"냉수마찰 같은 것은 여름에나 하세요" "즐거운 마음으로 생활하세요"의 두 구절이 가지는 뜻이 재미있었습니다. 비로소 서로의 '삶'에 선의의 간섭과 참여가 이루어졌다는 아쉼과 기쁨…… 앞으로도 계속 "……하세요"라는 문체를 애용해주십시오. 참여, 이것은 서서히 이뤄지는 것이지만 그리고 상관없는 사이에서는 귀찮은 간접으로 여겨지겠지만, 하나의 삶을 지향하는 우리들에겐 좀 더 발전된 형태의 믿음의 표시인 것 같습니다.

자연과학개론의 빵구 위험신호를 보고, 속으로 우습고도 웃어서는 안 될, 반쯤 또는 그 이상의 책임감이 느껴졌습니다. 그렇게 부탁했는데도 빵구를 내려 하다니, 치도곤을 놓을 수도 없고……. 그리고 희석이가 『채근담』 얘기를 듣고나서 별로 신통찮은 표정이더라는 얘기, 그 이유가 뭐겠습니까?

모범답안: 희석이는 내가 아니니까. (내가 만약 희석이었다면 재미없어도 재미있었던 것처럼 유쾌한 표정이었을 테니까.)

냉수마찰은, 동태가 되지 않기 위해서 (실은 추워서지만) 건포마찰로 바꿨습니다.

서로의 추위를
불사르기 위해,
조금은 부끄러운
화부였기를 빕니다

My Dear Better K.

'맹추'라는 얘기에 대한 항의가 적힌 편지를 받고서, 작
년 8월 29일에 시작된 편지의 역사를 더듬어보면서 몇
가지 흥미있는 점을 찾아보았습니다. 우선 수신상황을
더듬어보자면 8월에 1장, 9월에 3장, 10월에 2장, 11월
에 3장, 12월에 0장, 1월에 4장인데 봉투와 편지지가 항
상 새로웠다는 데서 무엇인가 성의랄까, 자세 같은 것
을 엿볼 수 있었고, 마음의 흐름 같은 것이 호칭의 변화
와 장수의 다소에 의해 읽혀지는 듯도 싶었습니다. 어
느 미국의 문고판 출판사에서 편찬한 철학에 관한 책의
구분을 보면 중세철학을 '믿음의 시대The Age of Belief',
르네상스철학을 '모험의 시대The Age of Adventure', 17세

기 철학을 '이성의 시대The Age of Reason, 18세기는 '계몽의 시대The Age of Enlightenment', 19세기는 '이데올로기의 시대The Age of Ideology', 20세기를 '분석의 시대The Age of Analysis'로 재미있게 나눠놨는데 지금까지 나눈 편지도 어쩌면 시대 구분이 가능한지도 모르겠습니다. 'Dear My Friend'로 시작해서 'My Dear Worse Half'에 이르기까지의 내용은 우선 Enlightenment(계몽)에서 Belief(믿음)에 이르는 것이라는 생각이 듭니다. (계몽이란 자유롭고 창조적인 마음이 가슴을 여는 그러한 시대를 말하는 것입니다.) 간혹 끼어드는 'Someone'이라든가 'Unlovely Girl Friend', '못난이' 등의 자조적인 칭호는 언제든지 스스로를 낮은 위치에 두려는 '그릇된' 동양적 사고방식의 표현이기도 했습니다.

그중에서도 가장 값지고 기억에 남는 것은 여자그림이 있는, 냄새도 향긋한, 기분 나쁘게 생각하지 말라던 바로 그 문제의 편지였고 그다음으로는 토끼 그림이 있는 것과 내가 누누이 답변을 쓴, 의문이 적혀 있던 편지였습니다. 그것들은 각기, 계몽의 시대와 믿음의 시대를 열어 제치는 선구자들이었으니까요. 이를테면 차원을 높이기 위한 고뇌가 얽힌 것들인 셈이지요.

이 엽서의 표면에 붙어 있는 우표의 '불꽃'이 인상 깊게 생각되지 않습니까? 붉고 뜨겁게 타오르는 불꽃으로 서로의 추위를 불사르기 위해 나는 조금은 부끄러운 화부火夫였던 것 같습니다. 쉽게 감정에 동하고 쉽게 허물어지는 그런 불꽃……. 가슴속의 양심과 믿음과 사랑이 언제나 젊은 모습으로 건재하기 위해, 나는 언제나 당신의 곁에 태산과 같이 정좌하여 끊임없이 타오를 것을, 구정을 맞아 조금은 새롭게 다짐해봅니다. 걷다 지치면 돌아와 휴식할 수 있고, 화가 나면 화풀이의 대상이 되고 증오가 넘치면 그것을 받아들이는 그릇이 될 수 있는 그러한 태산이 되어 언제나 당신의 곁에 자리해 있겠다는 이 결심은 실은 그렇게 새로운 것은 아닙니다만, 그러한 생각은 항시 나로 하여금 나 스스로를 일깨우고 내 스스로의 무너져 내리는 기력을 북돋는 데 결정적인 힘이 되어왔던 것입니다. 지금은 받기만 하고 줄 것이 없는 가난한 처지지만, 이 역현상을 압도적으로 메꾸고 압도적인 힘과 정신으로 당신 옆에 자리하는 날이 그렇게 먼 미래의 일인 것만은 아닐 것입니다.

Your Worse, K.

칠흑 같은 어둠을,
아니 그 어둠을 가린 장막만이
우리의 공간적 거리를 메우고 있었던 지난날은
이미 서서히 물러가기 시작했습니다.

클로드 모네, 〈수련〉, 1915년

산이 좋아
산에 사는 사람들,
오오
나는
山일레

My Dear Better K.

산의 얘기를 계속해봅시다. 산, 좋지요! "나는 산이다."
라고 생각하면 당신은 새가 되던지, 숲이 되던지, 계곡이
되던지, 능선이 되던지 아무래도 좋습니다. 허나, 봄·여
름·가을의 산은 풍취가 그윽하고 누가 보던지 멋이 있
어 보이지만, 겨울의 산은 적막하고 쓸쓸하기가 그지없
어 그 산의 마음을 이해하는 수련과 노력 없이는 감상할
수가 없는 것입니다. 그렇기 때문에 산을 타는 등산객들
중에서 진짜로 겨울 산의 등산을 즐기는 사람들은 비교
적 적습니다. 이러한 생각을 조금씩 하다 보니 이런 시가
생겨났습니다.

山

숲일레,
원시原始의 가슴일레,
돌·자갈 굴러내린 물길일레,
콧날 세운 저 오연함,
능선일레,
끝없는 마음 어우르는
오오 나는 산일레,
그대 물되어 보아,
새, 숲, 계곡, 돌, 흙……
오롯이 돌아 앉아
꿈되어 보아,
빛이 되어 보아,
봄·여름·가을
오오 나는 산일레,
그대 산 속에 살아보아,
폐허의 나뭇잎 눈에 가리우네,
겨울이라네,
발길 끊어진 숲일레,
계곡일레, 능선일레,
서릿발선 우리들의 땅,
마음을 읽어야 하네,

얼어붙은 산 속에 지하수 흘러
그대산의 마음일레,
무한無限을 어우르는
오오 난 산심山心에 불짚히는
화부火夫일레,
그대 마음 녹혀 보아,
산이 좋아 산에 사는 사람들,
우리 산사람일레,

제일 처음에는 "나는 차라리 하나의 원시림原始林이어
라 / 어쩌면 저 원시림을 안고 도는 / 계곡이거나 / 오
연히 콧날 세운 능선이어도 좋을걸. / 오오 온갖 새, 갖
가지 수림 / 끝없는 마음을 어우른 산이면 — / 그러리
라, 우주의 근원을 튕기며 / 내 산이 되어보리라⋯⋯."
이렇게 시작했었습니다만, 생각을 정리하다 보니 위에
적은 것과 같이 되었습니다.

Your Worse, K.

봄은 맨 처음
햇빛에 숨어들어
대지에 닿고……
그러다가 마침내
사람의 가슴에 보금자리를
찾고 맙니다

My Dear Better K.

봄은 맨 처음 햇빛에 숨어들어 대지에 닿고, 건물에 닿
고…… 새싹에…… 그러다가 마침내 사람의 가슴에 보
금자리를 찾는 것인지도 모르겠습니다. 멀리 바라다보
이는 대지며 벽이며 집들이며……를 멀건히 바라다 보
노라니 발밑에서부터 가슴까지 그리고 다시 머리끝으
로 열기, 아아 봄의 열기일 것 같은 것이 압도적인 힘으
로 솟아오르는 것 같았습니다. 지난봄에는 무엇을 했던
가를 생각하기 전에, 어젯밤에는 잠자리에 누워서 꼼지
락서리며 조금씩 가질거리는 발가락 끝의 감각들이 못

내 신경쓰이면서, 이것들이 못다한 내 사랑의 허점인양 조금씩 가슴을 파고들며 부끄러워지는 것이었습니다. 일요일 대낮에 눈발이 흩날리는 것을 보고서 어둠 속을 조금씩 떨어져 내리는 불꽃들의 낙화落花를 연상하면서, 이것도 아직은 커다란 마음, 넓은 마음을 이루지 못한 내 사랑의 부족 탓이 아닌가 하는 새삼스럽지 않은 부끄러움으로 후꾼거렸거니……. 이도 봄의 열기 탓이런가. 그러나 나는 돌아서 이것은 짙은 색깔로 나의 가슴을 나의 사랑을 칠하고 철철 묻어나는 초록의 사랑을 나를 향하는, 나를 파고드는 모든 사람(한 사람)들에게 묻혀주고 싶은 욕망이 아닐런가 마음을 도사려 먹었댔습니다.

노시인 김광섭 씨의 『겨울날』이란 시집은 여러모로 좋은 것이었습니다. 그분이 젊은 시절에 쓴 시를 보면서, 짙은 패배의식과 지나친 자의식을 느꼈으며 그분의 만년의 시가 지니는 한계성이 젊은 시절의 삶의 치열성의 부족에 기인하지 않는가 하는 생각도 했습니다. 무엇보다도 시집의 표지(겉표지의 은은함, 속표지의 고요함)가 좋았습니다. 『타고르 시선』은 왜 남의 것을 빌려서 넣었습니까? 조금 아쉽습니다. 당신의 손으로 산 책에 마음껏 내 손때를 묻혀야 속이 시원할 듯 싶게 알알이 영글어 향기를 뿜는 타고르의 시들은 '동양의 시성時聖'의 넓고 깊은 영혼을 말해주는 것들이었습니다.

어제 '자유주의의 현재적 의미'라는 19세기 유럽사 부분을 읽고 오늘은 18세기로 넘어가 '산업화의 배경'이란 부분을 읽게 되었습니다. 일본어는 19과에서 20과로 넘어서고 있구요. 인류가 지나온 발자취를 종적으로 훑어보고, 다시 횡적으로 오늘의 좌표를 살펴보는 역사관을 세우기 위해서, 그리고 현대사회의 복잡성의 가장 핵심적인 부분인 경제문제, 위기에 선 시대정신의 방향을 잡기 위한 신학문제를 바라보기 위해서 되도록 이념의 갈등을 피해가며 어떤 줄거리를 잡고 싶습니다.

[추신] 그간 부탁한 책들을 목록을 작성하여 일주일에 한 권씩만 넣어주십시오. 창작과비평사에서 나온 김현승 씨 시집이 있는데 (창비시선 제3권) 그것도 목록에 추가해주시구요.

봄이면 봄답게 희망과 열기를 가지고 새학기를 '낙제과목' 없이 끝나도록 맘 단단히 단속하십시오.

제2부

공주교도소, 여름 그리고 가을

이 바람결에 우리의
지난겨울이 불어오고

귀스타브 카유보트, 〈쥬느빌리에 노란 꽃무리〉, 1884년

불어오는 바람 속에서,
하찮은 일상의 구석구석에서
하느님의 손길이 머물듯이
우리들의 사랑도 머물러라!

정숙 씨에게.

여기는 공주, 누르익은 보리밭을 거쳐 시원스럽게 바람
이 물결쳐오고, 그 바람을 타고 먼 삼국 시대의 서러운
역사가 그 옛 도읍터를 더욱 서럽게 하고, 그 바람결에
섞여 신동엽 시인이 뼈를 깎아 읊던 금강의 물내음이
물씬 묻어나고, 그 바람 사이마다 동학군이 패전하던
신음 소리 배어 있는 삶의 현장 공주땅. 삭발하며 나는
나의 이름이 이제는 거사나 선사거니 다짐하며 속호를
공주거사, 도호를 물구勿口선사라 이름했거니……. 사랑
하는 이여, 행여 이 바람결에 우리들의 지난겨울이 묻
어오고 우리들의 또 다른 출발이 겹겹이 배어 있어 하

행열차의 차창마다에 우리들의 그 다난했던 모습들을 실어왔다고 하늘은 말하지 않던가!

수인 1060호는 이제 고향의 풀내음에 묻혀, 날카로왔던 이성의 깃발을 거두고, 처절했던 내심의 싸움을 거두고 이제는 조용히 수양의 덕을 세우리라 다짐합니다. 서릿발처럼 곧장 하늘로만 치켜들었던 내 의식의 치열함을 잠시 시골의 부드러움에 내맡기고, 평화스러움의 덕을 이제는 조금씩 연습해 두어야겠다고 말입니다. 지나치도록 부드럽기만 한 주위의 공기며 자연은 오래도록 잊었던 흙내음을 일깨워주고 있습니다. 내가 자라고 내가 생의 뿌리를 두었던 이 땅에서 또 다른 삶을, 또 다른 탄생을 얻을 수 있다면 이 또한 하늘의 배려가 아니겠습니까?

도시의 그 흐늘거리는 늪은 지금도 여전하겠거니와, 이제 얼마 안 있어 기말시험을 치러야 되겠군요. 희석에게는 군입대를 앞둔 조금은 당황스러운 기말이 되겠고. 친구들이나 윤 할아버님 뵙거든 아침 저녁으로 꿩 우는 소리, 바람소리, 풀내음 전유全有하며 느긋하게 지내고 있다더라고. 그런데 편지 한 장 안 주는 그 심뽀(?)들은 얼마 안 있어 청산해주겠다고 벼르고 있더라고 전해주소. 자유란 것이 네 활개 펴는 곳은 내 마음가짐이 스스로를 제어할 수 있는 곳이지, 결구 두시어 소유 속에 흐늘거리는 부자유한 것이 아닌가 보더라고 예전에 말했던 것, 그건 정말 우연히 내뱉은 진리인가 봅디여. 평범하게 마음먹고 일상을 벗어나지 않는 삶 속에 곧 방학이 오리다.

그 방학이 오거든 고속버스에(서울 - 공주간: 약 2시간 반 소요) 몸을 싣고 여행하는 마음으로 5분간의 만남을 위해 와보소. 그리고 지금껏(서울구치소 이전부터) 정숙 씨 이외의 가족에게 안부나 인사 한마디 없었고, 지금도 없고, 당분간 없을 것임은 내가 무례해서가 아니라, 지금의 처지에서 형식적으로 전하는 인사가 필요한 것이 아니라, 앞으로의 삶을 통해 '보여드려야 할' 예의가 더 필요하리란 생각에서였소.

이제 공주에서의 첫 발신에 끝막음이 다가왔습니다. 편지를 쓰는 목적 중의 하나는 훗날, 지나간 생활의 의미와 그 삶의 과정을 밝혀두려는 것입니다. 미숙하면 미숙한 대로, 괴로우면 괴로운 대로, 권태로우면 권태로운 대로, 그것은 제각기 가치를 지니면서 삶의 기록에 편입되는 것입니다. 그저 외롬을 달래려는 그런 사심 위주의 것은 아니오니, 영등포 시절만큼의 글을 주셔야 되겠습니다. 이것은 부재 중에 부딪는 우리들의 하나이고자 하는 삶의 요구이기도 합니다. 보리의 누런 성숙에서, 불어오는 바람 속에서, 하찮은 일상의 구석구석에서, 하나님의 손길이 머물듯이 우리들의 사랑도 머물러라. 공주여, 서울이여, 사랑하는 이여, 오늘은 여기서 안녕!

깨어 있으라! 저 빛살을 헤치고,
바람이 열어놓은 창문을 거쳐
하나의 혼이 또 하나의 혼을 찾아 들어서고 있구나.
두 혼 부비는 처절한 그리움이여.

클로드 모네, 〈뵈퇴유 화단〉, 1881년

평범한

철학

나의 하나님은

돌아오라
울 엄니 가슴팍 저 먼 곳에 숨겨둔
뺨 붉은 순수는 다시 오거라.
재재 재재 하학길에 숱하게 떨군
마음 푸른 명증도 데불고 오라.
오색으로 터져 오르는 갈래진 꿈마다
어둡디 어둔 불안의 넋이 갈앉던
폭풍의 젊음은
돌아서거라
하찮은 술 한 잔에 청춘이 넘나들던
아, 그 숱하디 숱한 구호와 부르짖음에
풍선마냥 하늘을 배회하던,
파산자의 봄도 함께 오거라.

돌아오라.

이 땅의 버림받은 모든 천한 것들과 함께

내 영혼을 씻기우던 고뇌의 땀들은 어서 오라

어린이 대공원 잔디밭에 눈물처럼 떨어지던

행복의 빗살도, 영등포의 대한도,

모든 사랑하는 이들의 잊혀진 상처들과 더불어

돌아오라.

모두들 돌아와 회칠한 이 천하게도 어두운

무덤에 모여

우리 주 그리스도 돌문을 열었듯이

부활의 새 아침을 밝히우라.

나의 하나님은,

부활의 하나님.

나의 하나님은,

모든 잊혀버린 것들의 하나님.

나의 하나님은,

우리가 버린 곳에

우리가 잊은 곳에

우리가 떠나는 곳에

돌아오라, 하나님은 돌아오라,

나의 하나님은 돌아오거라.

주 그리스도가 그러했듯이 우리들의 하나님은 빛 속에

임재하는 것이 아니라 모든 인간적인 광명이 소멸할 곳

에(이별의 곳에, 눈물의 곳에, 설움의 곳에, 절망의 곳에, 천한 곳에, 어두운 곳에) 임재하고 계시다는 적극적인 하나님관을 자주 되새겨봅니다. 그러면서, 보다 더 하나님을 생활 속에서 보는(스스로의 생활 속에서 발견하는) 기쁨을 자주 놓치고 있는 자신의 안일한 생활태도를 반성해보곤 합니다. 건강하시고, 항시 조용하고 평범하게 자기의 삶에 충실하십시오. 바로 그 성실의 연속선상에 우리들의 미래는 만남의 시공을 준비합니다. 하나하나의 일상사들, 그것이 부족하고 못난 것이라도 그런대로 갈고 닦아가는 평범한 철학이야말로 빛을 향해 나아가는 가장 격렬한 삶일 것입니다. 다음 달까지 언제나 건강하십시오.

서로 갈라져 쌓은
열세 달의 세월로도
면회조차 할 수 없었던
나의 여자여

눈

좋으리.
울기도 많이 울었던 그 눈으로
받아도 좋으리.
살아서 한 번 떠보려면
이마에서 흐르는 땀,
받아 두어도 좋으리.
뜨거라.
스며드는 방울마다 감기는 두 눈
흡뜨거라.
손으로 훔쳐내선 아니 될 이 땀들이

맵고 짜고 쓰리고 시큼하다 하더라도

타오르는 불길을 바라보는 사람은 안다.

흡뜬 두 눈을 사루는

불의 맛을,

전혀 모르는 사람들만 와서 보거라.

아비 어미

하마 입이 찢어질까 조금씩 웃으며

밤새워 나를 빚고

그래도 남은 웃음 두 눈에 심지로 박았다는데

와서 보거라.

눈물이나 흘리던 내 심지에

기름이 젖는다 젖어든다.

가수렴.

밤에사 부끄러움을 벗는 망령들은 가서 전해주렴.

살아서 한 번 뜨는 두 눈 눈물 모다 비우고

지긋이 감고 있더라고.

전혀 낯모르는 이들에게만

전해주렴.

불이 익는다.

흡뜬 두 눈을 사루는 불이 익는다.

불기둥 세우며 안으로만 익는다.

자유……만 28세를 맞는 7월을 향하여

남들은 갈비라 불러주지만
주체스럽다. 이 비계 남은 몸뚱이는
야위어야 했지.
쥐새끼보다도 더 쥐새끼스럽게
그늘을 찾아
몰래 살찌운 이 무게가
어제 오늘 유난스레 괴로운 것은
여름이 아니래도 마찬가질 게야.
여위어야 했어.
이 몸 가지곤 자유를 찾아
날아갈 수가 없군.
가려먹은 음식이라 정갈했다지만
군살만 돋았어.
앓아누운 사람들 틈에 끼어
멀쩡한 몸으로
신음소리만 배웠나 보아,
여위어야 했어.
이러다간 몸이 축날까 저어하여
하나둘 웃어넘긴 사연들이
허리께를 맴돌며 배만 불렀군.
부르지들 마, 갈비라고
이 몸 가지곤 자유의 나무에

감길 수가 없어.

준엄해야 했던 거야.

대나무 쪼개지는 비명을 머금은 채

온몸을 비우고

치면 청음으로 울어주고

밟으면 공되어 솟아야 하는 건데

주체스럽다, 이 비계 남은 몸뚱이는.

여자여!

우리가 서로 갈라져 쌓은 열세 달의 세월로도 면회조차
할 수 없었던 나의 여자여, 지난 13일, 20, 30미터 밖에
와 있으면서도 내 솔제니친 같은 까까중 머리(한얼문고
에서 나온 『수용소 군도』의 솔제니친 사진 중에서 머리 박박 깎
고 죄수복을 입고 있는 것이 나와 거의 비슷하다고들 그런답니
다)를 보지 못하고 작년 여름처럼 '엉성한' 심정으로 되
돌아갔을 당신을 생각하며 나는 속으로 나를 익히우며
무척이나 서러웠니라.* 그날은 벽을 보아도, 짙푸른 녹음
을 보아도, 책을 펴 보아도…… 온통 당신을 떠올리며 이
어설픈 결별이 무엇을 뜻하는지를 꼭꼭 씹고 있었지.
하여, 내 아니 우리의 정신이 고뇌하며 흘리는 땀들을
두 눈 홉뜨고 모조리 흡수하여, 언제건 두 눈 반짝 뜨고
그대를 보리라 무수히 다짐했었거니…… 이제 다시 무

---

* 긴급조치 위반 수형자들에게는 직계가족들만 면회가 허용되었음.

엇을 말하랴, 저처럼 하늘은 푸르고, 내 가슴 이리도 싯
푸르게 안으로만 타오르는걸.

같이 있는 김정환이란 놈은 청혼을 위한 서시를 쓰겠다
고 설치고 있는데, 나는 무슨 노래를 읊어야 좋으리까?
이제 내 몸은 56kg이 됐습니다. 자유를 찾아 날아가기
위해서는 너무 무거운 체중이며, 같이 있는 세 후배들
이 의무과에 들락거리는 것을 그저 부럽게 생각할 정도
로 '병이 없어 심심한' 체질이 되었지요. 박부권, 최병
태, 구은우(후배), 임경화(하일동 야학 시절의 제자)에게서
편지가 왔었는데 일일이 답장을 띄우지 못해 애가 탑니
다. 병태한테는(직접 또는 의단 씨를 통해) 위에 적은 시를
대신 적어서 보내주시기 '꼭' 바랍니다. 방학 중의 생활
이야기, 2학기의 바람, 지난 학기의 얘기, 밀린 얘기가
너무 많다고 생각되지는 않습니까?
내년 여름에는 내 고향 저 서해안에 함께 가십시다. 희
석이도 제대하고 부권이 병태도 제대하면, 우리 참 멋
진 이웃이 될 겁니다. 참 희석이한테는 형님에게 보내
는 편지에 자세히 소식 전하겠습니다.

마지막으로, 검열하시는 담당 교도관님, 피곤하게 해드
려 미안합니다. 그렇지만 '면회도 못하는 처지'와 '편지도
한 달에 한 번밖에 못 보내는 처지'를 이해해주십시오.

해지거든　우리,
그림자로　만나요

나의 Better K에게.

"좀 더 잘해줘야겠다"는 할멈 같은 편지 내용을 읽은 지도 한 달, 답을 못하며 영감처럼 중얼거려 온 지도 역시 한 달, 이렇게 세월은 조금씩 끓으면서 지나가고 있었습니다.

할멈, 섣부르게 안타까워하는 것이 얼마나 사랑을 익히는 데 무익한 일인지를 알면서도 때로는 짐짓 이런 무익함 속에 매몰되어보고 싶어, 베갯잇에 당신의 이미지를 떠올려보며 주책을 떨기도 했었소이다.

그러나 할멈,

할멈의 그 꼬시랑거리는 성격으로 보아, 이 무성한 더위 속에 피서 한 번 제대로 가보지 못하고 어정쩡한 세월을 보내지나 않았나 그게 조금쯤은 걱정스러웠소. 징역살이는 징역 사는 놈에게 맡겨두고 일상의 평범스러움 속에 자연스레 적응할 수 있는 몸가짐, 이것은 과

장된 도덕이나 윤리로 막아버릴 성질의 것이 아닌 듯 싶소. 부디 마음 편하게 먹고 여차하면 연애라도 벌려볼 대세로 일상에 임해주길 새삼 부탁하오.

병태는 내게 '무관심한 친구들, 멀어져간 친구들'을 '모든 세상이 그렇게 되어 있다는 사실을 감안해서' 용서하라고 했소만, 찔끔 편지 한 장 띄워 놓고는 할 일을 다한 양 코빼기도 비치지 않는 친구들에게 다소 섭섭한 심정을 가지지 않을 수야 어찌 없겠소. 나도 인간인데.

할멈,

처지가 어려울수록 또렷하게 자기를 일켜세우는 장부라 하더라도, 나는 식사 중에 씹히는 돌마냥, 있어서는 안 되는 어색한 자리만 골라서 다니고 있는 것만 같습니다. 그러나 번들거리는 화려함 속에서보다도 그러한 어색스러움 속에서 삶은 그 끈질긴 자기탐구를 사랑으로 일켜세우고 이 과정을 통하여 스스로의 영역을 넓혀가는지도 모르겠습니다.

수양이 미흡하여, 서울을 그리다가 할아범이 다 된 이 땡땡이 중, 미련을 거두며 여기서 글을 줄입니다. 꼬시랑거리다가 '할멈'이란 별호를 얻은 Better K. 섭섭히 생각 마시고 예수의 삶 안에 우리가 하나됨을 이 영감탱이와 더불어 더욱더 질기게 기도합시다.

약속

해지거든 우리 그림자로 만나요.
꽃이라도 한송이씩 입에 물고
마주 부벼 떨구는 가루들
이는 가족처럼 말라빠진
우리네 갈증을 축이는
눈물 비빈 몸부림이라 하고

가로등 밑을 지날 때면
몸도 하나 그림자도 하나되도록 걸으며
가슴 깊은 곳에서 곱게 빚은
칼잡이를 바꿔 끼워요.
날 잘선 당신의 몸
내 칼잡이에 맞춰
양념을 다지고 고기를 썰어
피는 백정의 피
찌개를 준비하셔요.
당신의 칼잡이 보듬어 쥐고
우리들이 사랑한 기억에 없는 덕지진
기름덩이 몸으로 후벼내어
불을 지핍니다.

보이지 않는 어둠을 칼질하며

불길은 우리 모습 지웠다간 사라지고
남은 연기 요기처럼 서리일 때
입을 벌려요.
수저 뒤바뀌며 어둠을 배채우는
야식,
이는 온창자 외로 꼬인
우리네 기나긴 허기를 적시는
두 혼 섞은 동동걸음이라 하고

날새면
우리 몸 지지는 사랑으로 만나요.

당신의 채광석

[추신] 면회는 정숙 씨 이름으로도 되게끔 됐습니다. 면회를 신청
하면 일단은 대기하라고 그러겠지만, 교도소 당국에서 케이스 바이
케이스로 꼭 시켜주겠다고 그랬으니까(또 실제로 같이 있는 김정환이도
애인이 다녀 갔으므로) 착오 없으시도록 해주세요. 참, 희석이는 훈련을
무사히 마치고 고향에서 방위근무를 하고 있답니다.

해지거든 우리, 그림자로 만나요.
날새면 우리, 몸지지는 사랑으로 만나요.

클로드 모네, 〈지베르니의 양귀비 꽃밭〉, 1890년

나는 살고 있습니다
나는 살고 있습니다

Better K.

"내가 너를 부르자 너는 내 앞에 와 꽃이 되었다"는 어느 시인의 싯귀를 뇌이며 저녁바람에 온몸을 맡깁니다. 저 지난날, 눈 덮인 산하를 질주하며 이 강산과 이 땅이 주는 의미를 조금은 철저하게 느꼈었거니, 기억의 날개가 나를 이곳저곳으로 나를 때마다, 현재를 바라보는 나의 눈길은 느슨해지기만 합니다. 좀 더 짙고 좀 더 너른 세계의 안팎을 누비며 경험과 사고는 달려줘야 할건데, 이리 삶은 질기기만 하고 매듭이 없구나…….

8·15 해방! 그렇다. 해방하지 못하고 해방을 즐기지 못하고 해방을 내 안에 새기지 못하는 자의 노예적 삶. 이를 누구에게 전가하고 이를 누구에게 탓하랴.

초대……자유에 대하여

임자 없는 눈물들 눅눅히 떨어진
어두운 곳 어느 곳에건
곰팡이가 피고 있어요.
한 번에 둘씩
둘이서 둘씩
넷이서 둘씩
어미 없는 아들을 피우고 있어요.
들려주세요.
술잔을 들면
맛을 내며 목을 타고 넘어가는
1789번 미쓰 · 자白.
오뎅국물에 젖은 소매 끝머리
실밥 풀어진 곳에
대롱대롱 목을 달고
잊으라 잊으라
곰팡이 어미로 돌아와 있어요.
부수수한 머리에 점점이 박힌 불티
불티를 보며
열여덟
흐드러진 젊음이 봉오리채 터져
깃발처럼 흩날리던 빠리의 하늘은
땡볕

푸른 하늘에 구름 한 점 없는

오늘 같은 땡볕 아래라면

난 무엇 하나 낳을 수 없어요

낳을래요.

피묻은 손들이 자랑스레 박제한

책갈피에 끼운 내 파리한 아름다움은

젊은 아해들의 창백한 손바닥에

꽃으로 쥐어주고

어디 씨가 따로 있던가요.

식사 중에 씹히는 돌 같은 놈으로

죽여도 죽여도 남을 만치 낳는 거여요.

들려주세요.

칠흑 같은 어둠만 골라 엮어 한아름 안고

우리 함께 눅눅히 젖으며

시푸르둥둥 피어보아요.

차린 것은 없어도

온몸이 멍들도록 피어보아요.

나는 그대와 만날 때, 그림자거나 곰팡이다. 몸은 꼭 붙
어서 서 있지만 그 뒤로 그림자는 두 개의 모습으로 갈
라져 있기가 일쑤다. 그렇다. 우리는 언제건 하나이기
를 원하지만, 우리가 하나되어 마주 서 있는 순간에도
우리는 우리의 뒤에 서로가 갈라져 있는 격리감을 극복
할 수는 없는 것이다. 그러기에 나는 그림자이길 원한

다. 그림자가 되어 둘이 하나가 될 때, 우리의 모습은 언제건 하나이리라. 그리고 나는 곰팡이로 살기를 바란다. 모두들 빛 속에서 행복을 짊어지고 살아가고자 발버둥치지만, 그건 언제건 꿈 속의 허영일 뿐이다. 곰팡이는 어둡고 축축한 곳에서 살 때 꽃을 피우고 자손을 신나게 퍼뜨릴 수 있다. 태양 아래 나타난 곰팡이는 이미 죽어 넘어진 '생산성을 상실한' 시체다. 어둠을 어둠으로 인식하고 여기에 뿌리를 박는 삶, 이게 바로 '거대한 뿌리'인 것을 아는가, 그대는.

자유에 대하여

책갈피에서나 찾아볼 수 있는 화려한 여신으로서의 자유는 백수(흰손)의 젊은 풋내기 대학생들에게게나 주어버려라. 그러면 그들은 그 자유를 꽃처럼 윗저고리 포켓에 넣고 다닐 것이다. 자랑스럽게. 자유란 그렇게 화려하고 아름답고 자랑스러운 게 아니다. 정말로 별수 없는 게 자유란 곰팡이다. 어둠 속에서나 낄낄거리며 속살 서로 부비며 생식을 강화하는 이미 버린 여인, 그게 자유의 정체란 거외다. 온몸이 멍들도록 부비면서 우리 자유를 배워요, 사랑을 배워요, 꿈을 씹어요(내 넓적다리 살찐 곳에 눌러붙어 피를 빨아대면서 나란히 서 있는 빈대 두 마리―나는 이것을 일컬어 "피가 빨려 아린 것이 아니라 빈대의 사랑에서 발산되는 열기에 의해 화상을 입는 것"이라고 말한다).

오오! 우리 뜨거운 빈대의 피뽑이 사랑이 되어요.

빈대, 그 사랑의 얘기

오거든 넓적다리 살찐 곳에
정답게 마주 서요.
두 입 곱게 벌려 입술을 단장해
보아요. 피를 뽑아요.
뽑으며 두 몸 부벼 뜨겁디 뜨거운 열기
내 몸이 타요. 두 몸에 한 몸 보태
세 몸이 타요.
타고 남은 가려움이 아리워
남은 건 사랑이네요.
사랑이네요.
빈대의 피뽑이 사랑이네요.

안녕하신가, 대학은, 교회는, 친구들은, 윤극영 할아버
님은, 거리의 모든 낯익은 간판들은, 어제의 안녕마냥
오늘도 안녕하신가.
어제의 안녕마냥 오늘도 안녕하신가. 어제의 안녕마냥
오늘도 안녕하신가…….
오래간만에 가슴이 끓고, 무엇인가 나를 몹시 채찍질하

는 반성의 물결이 구비쳐 흐르고 있습니다.

나는 살고 있습니다. 지난겨울의 그 순백의 눈 위에 쏟던 불 같은 뜻을 안으로 뉘면서

나는 살고 있습니다.

나는 살고 있습니다.

나는 살고 있습니다.

예수를 기억하는 마음 안에 당신을 또한 기억하는 겁니다. 예수를 기억하는 마음 안에 '안녕히'를 또한 말하는 겁니다.

나는 살고 있습니다. 지난겨울 그 순백의 눈 위에 쏟던
불 같은 뜻을 안으로 뉘면서, 나는 살고 있습니다.

카미유 피사로, 〈오베르쉬르 우아즈 발혜르메이의 소 치는 사람〉, 19세기

삯바느질하는
어머니 덕에
높은 학교 다니는
아들녀석만큼

정숙 씨에게, 여섯 번째로 나의 Better K에게.

내가 어물쩡하니 징역살이를 핑계로 어린아이마냥 보채고 있었을 때, 또는 그 잘났다는 절개를 위해 모든 주위 사람들을 짐짓 외면했을 때, 나의 부모형제들과 더불어 그대도 참 많은 일을 겪었소그려.

아르바이트, 그것 참 어쩌면 대를 물린 것이나 아닌지 모르겠소. 군대 시절 3년과 징역 사는 지금을 빼놓고 나의 학교 시절은 그 빌어먹을 놈의 아르바이트로 구겨진 나날이었으닝께. 허지만 아르바이트하는 데 소비되는 그 시간이 아깝디 아까운 것이라는 생각이 드는 것은 그걸 안 해보면 모르는게 아니겠소? 어찌됐든, 삯바느질하는 어머니 덕에 높은 학교 다니는 아들녀석만큼이나 내 마음은 찌릿하단 말요, 그게 글쎄. 그 편지(하도 오래간만에 받아서 그런 탓도 있겠지만) 읽으며, 아니 읽기 전부터 낯모르는 여자한테서 받아드는 첫 번째 연서를 맞는 것처럼 무언가 후두둑거리며 뛰는 게 있었소. 그걸 남들은 심장이라고 그러는가 보오만 코 큰 놈들은 하트라고 그럽디다. (조선 놈들이 흔히 사랑의 표시로 훔쳐다 그리는 그 묘한 모양의 상징도 하트라 그러는가 보는데 그것은 요즘은 너무 막 굴러먹다가 천박해지고 말았죠.)

각설하고, 내 스스로를 높이지 않았는데도 자꾸 앉은 자리가 높아져 찾아오는 손님들을 자주 허탕치게 해서 무던히도 가슴 아픕니다. 수업 빼먹고 온다는 심사, 입이 찢어지게 행복한 뉴스임에는 틀림없으나 느긋하게 생각해 나갑시다. 내 안 본 사이에 얼마나 예뻐지셨는지 궁금하지 않은 바는 아니나, 그 얼굴 더 예뻐져서 더 좋아한다면, 더 미워지면 더 싫어하지 않겠습니까? 변화야 있던 말던 그저 그 사람이려니, 지깟게 변하면 얼마나 변할꼬 하며 감옥문 나서서 만나면 어떤 폼을 잡아야 할 것인가만을 염려합시다. 서구식 키스의 모범을 보여야 할 것인가 아니면 동양적 은인자중의 미덕을 보일까 하는 것 말이외다.(희석이와 함께 오든지 아니면 혼자 왕림하시던지 올 테면 오시오. 찾아오는 손님, 막을 힘은 없으닝께.) 만약에 9월 초에 예정대로 수업 빼먹고 (순 깡다구로) 오시려거든 '다음' 말을 명심하십시오.

[다음]

면회 신청을 해서 혹시 안 된다고 하걸랑 "보안과장님
이 해주기로 약속했다고 편지가 와서 여기까지 왔소.
과장한테 연락해보시오" 하고 그야말로 기세등등하게
얘기할 것이며(아마 이쯤에서 통할 테지만) 만약 그래도 시
시한 소리 하거들랑 아예 '교무과장 면회 신청'을 하십
시오. (이건 정말 기우지만) 그래도 껍죽거리거든, 아예 소
장을 만나자고 하여 지난 7월에 면회 못한 것까지 몽땅
변상하라고 해보십시오. 그 사내에 그 여자라고 소문이
좀 날겁니다.(지난 8월 어머님이 오셨을 때 면회석상에서 보안
과장이 정숙 씨 면회건은 허락해주겠다고 확언했었거든요.) 그
리고 엄마가 다녀간 뒤에 직계 아닌 사람(뭐 직계가 따로
있는 건 아닙니다만)이 면회 오면 퇴짜를 맞는 모양이지
만 그 순서가 거꾸로 되면(즉 엄마가 정숙 씨 다녀간 다음에
또 면회 온다면) 엄마가 면회하겠다는데 안 시키고 배겨?

사담 민중사

(1) 序

저것은 꼭 독수리를 닮았네, 지저귀는
소리들 어여삐 들려온다 하더라도
알맹이 갉아낸 껍데기만의
박제품을 바라보노라면

끓는 건 언제건 백정의 피,
뼈를 추리는 작업은 항상
가죽 벗기는 일에서 시작하는 것이어서
사필史筆은
이름 붙이기 저어한 무리들 함께 엮어
임금 왕 좁은 울 안에 가둬 두곤 하는 거라고
정치에 익숙한 손들이 붙이는 이름이란 게
예수의 십자가에
'유대인의 왕'이라.
썩어질 살코기를 베어버림은 당연한 짓
이지만
뼈마저 도막 내어 안 그래도 좁은 울 안에 속터지게
내던지는 박제의 비밀은,
붓을 들거든
다시 새 이름 지으라 하는 작명의
신탁이기에

부비며
살알끼리 마주 부비며 알알이 영글며
뜨거워지는 살알 부빔에
하늘 닿는 무지개 내려앉을까
울 안에 익는 기도, 저린 마디마저 훑어내려
이제 마주보는 너는
사필, 그 소문난 정개에 갉혀나가야 했던

무명의
무리.

「사담 한국사」를 왕조 중심으로 쓰고 나서 역사의 주인
이고 주인일 민중의 삶에 생각을 모아보고 있습니다.
이 시는 ⑵ 병도형, ⑶ 바람은 불어, ⑷ 토끼, ⑸ 병도
형②, ⑹ 토끼②…… 이런 식으로 계속 씌여질 텐데 ⑹
까지는 이미 구성이 완료되어 있고, 「도둑연가」「첫사
랑」「사랑의 사계」「별전別傳 하나님」…… 등 미처 못다
보낸 구상이 많이 있습니다. 쉽지 않아서 미안하오만,
「첫사랑」「사랑의 사계」는 나중에 둘이만 있을 때 읊어
드리기로 작정하고 있소이다. 이번의 「서시」는 우리 역사
안에서 사필에 의해 갉혀나간 민중의 삶을 지적하고 역사
는 '왕조'라는 울 안에서 벗어나 민중 ― 이름 없는 무리들
을 그 주인으로 삼아야 한다는 사관을 써본 겁니다.

고뇌도 사랑도
모두
은혜로운 것이라는
평범한 깨달음 속에,
우리는 실상
언제나
만나고 있습니다

걸음마

구월 초하루, 한 해하고도 두 달 만에 우리는 열 걸음쯤
을 함께 걸었습니다. 지난날에 있었던 그 걸음들과 앞
으로 있을 걸음들을 잇는 걸음마, 이제 서서히 만남을
연습하는 어린아이의 걸음마…….
야윈 모습, 한 줌도 안 되는 팔목, 여전히 가느다란 손
가락들이 나로 하여금 힘을 가지게 하는 그런 풍경을
나는 넉넉한 마음으로 사랑하고 있는 겁니다. 고뇌도
사랑도 모두 은혜로운 것이라는 지극히 평범한 깨달음
도 이렇게 조금씩 실감하게 되는가 봅니다. 넉넉한 마

음으로 몇 달이고 이 한 번의 만남을 울그면서 지낼 수
있는 은혜.

철저한 대결, 또는 마비주의

많은 사람들의 고통과 사랑과 풋풋한 열정 또는 흐늘어
진 퇴폐들을 모두 품에 안은 거센 바람이 휘몰아치면서
비를 뿌려줍니다.

울음을 생략해야 할 자리에 울음이 번지고 절망과 죽음
과 감연히 맞서 싸우지 못하고, 이리저리 비껴 살면서
남긴 오욕의 삶. 슬픔, 절망, 죽음을 슬픔 그대로 절망
그대로 죽음 그대로 설워하고 낙담하고 두려워하면서
좀 더 철저히 그들 안으로 침입하지 못하고, 남자다움,
기개 있음, 뜻 높음을 핑계 삼아 울려는 자리에서 울음
의 문을 마비시켜온 장부의 삶이란 것. 이는 철저한 대결
이었던가 아니면 마비주의였던가.

깨어 있으라! 저 빗살을 헤치고, 바람이 열어놓은 창문
을 거쳐 하나의 혼이 또 하나의 혼을 찾아 들어서고 있
구나. 두 혼 부비는 처절한 그리움이여.

다시 만나고 또 만나는

우리는 실상 언제나 만나고 있었습니다. 눈을 감거나
뜨거나 마음만 먹으면 마주치는 우리였기에, 다섯 달

만의 다시 만남도 항상 만나는 일의 되풀이일 수 있었습니다. 편지와 대면과 그리고 모든 하나이고자 하는 열망(입안에 종기가 나서 고생 좀 했는데 그게 글쎄 면회하고 난 뒤 스르르 나아버렸지 뭡니까. 그래서 그 종기는 만나서 얘기하고 싶은 입안의 열망이 그 지나친 열에 들떠서 생긴 것이었다고 생각하기에 이르렀죠.) 이 모두 만남의 구름떼들, 흐르면서 때로 겹치기도 하고 때로 뭉쳐지기도 하는 것.

춤추는 신

"석가나 젊은 예수는 바로 그들의 고통의 크기에 의해서 세계의 모든 사람들을 망라하는 빛을 가질 수 있는 것이다. 종교에 참가한다는 일은 '고통의 축제'에 참가한다는 뜻이다." ― 고은

"나는 '춤출 수 있는 신'만을 사랑한다." ― 니체

예수는 십자가에 매달린 뒤 육신의 고통에 온몸을 뒤틀다가 드디어 그 고통의 절정에 이르렀을 때 숱한 땀을 흘리며 부르르 몇 차렌가 경련하듯 떨고는 숨을 거뒀습니다. 이 '부르르 떨음'을 고은 씨는 '고통의 축제'라 부르고 니체는 '춤추는 신'이라고 보는 듯 싶습니다. '제 몫을 다 하고 가는 자'의 마지막 몸부림에서 덧없는 죽음의 비애를 보기보다는 차라리 제 사명을 다 한 자만이 누릴 수 있는 '기쁨에 충만한 춤'을 엿보는 겁니다.

나는 이 땅의 숱한 늙은 어머님들의 골패인 주름살과

마디 굵은 손가락에서 인생살이의 고달픔과 비애를 한 차원 넘어선 '삶의 고뇌를 감싸안고도 남아도는 넉넉하고도 넓은 사랑'을 보며 그게 바로 '춤추는 사랑'이 아닌가 생각해봅니다. 나는 그런 사랑으로, 우리들의 온 삶을 아우르는 넉넉한 사랑으로, 세례를 받고 싶습니다. 하여 '조그마한 안정'을 무엇보다도 필요로 하고 있는 당신에게 흔들리지 않는 터전을 선사하고 싶습니다. 죽음도 흔들 수 없는 터전을 말입니다.

가슴, 넓은 것이냐 좁은 것이냐

요즘 은근슬쩍 방정을 떠느라고, 팔을 펴고 내가 힘껏 안을 수 있는 부피(중량)를 계산해보고 있습니다. 남들은(정숙 씨를 본 모든 이들) 모두 야위었다고 그러지만, 그 야윈 몸을 안기에도 나의 팔과 나의 가슴은 너무 좁아진 것이 아닌가 하는, 남들이 들으면 웃긴다고 할, 그런 걱정을 해보는 겁니다. 이는, 내 팔과 가슴이 움추러든 탓이 아니라 순전히 정숙 씨 탓입니다. 무던히도 무섭게 컸다는 얘깁니다. 정신적으로나 모오든 면에서. 그러기에 나는 다짐하는 겁니다. 발바닥에 땀방울 송글거리도록 열심히, 그렇습니다, 열심히 갈고닦아 언제라도 넉넉한 가슴과 팔을 키워야겠다는 '맹세'말입니다. 이 맹세 못지키는 것이야말로 '직무유기'일거라고…….

편지라는 거

그거 자준 못하더래도 가끔 써보세요. 아, 그래 편지 쓰는 버릇 하나 못 고친단 말이 그래 말이나 되는 말이냐고…… 투정하고 싶다는…… 그런 얘깁니다.

함께 기뻐해주는 자들

불경하다고 하실 분들이 대부분이겠지만 난 요즘 '예수'란 이름에 '내 친구'라는 '최대의 경의'만을 붙이고 싶습니다. 같이 있는 후배 녀석(정환이, 해일이, 성현이)들이 '내 친구' 예수와 더불어 우리들의 만남을 자기들 일인 양 기꺼워 해주었습니다. 그들이 함께 기뻐해주는 기쁨 속에 우리, 예수의 삶(생애)을 기억합시다. 사랑만이 꿈틀거리는 거대한 삶을.

당신의 어머님께서 다함없는 사랑 속에 항시 힘을 얻으시길 삼가 기도합니다.

보리의 누런 성숙에서
불어오는 바람 속에서
하찮은 일상의 구석구석에서
하나님의 손길이 머물 듯이
우리들의 사랑도
머물러라.

프레드릭 차일드 하삼, 〈물의 정원〉, 1909년

엉겅퀴꽃
빠알갛게
퍼져 있는
10원짜리
대한민국 우표

사담 민중사

(2) 엉겅퀴

엉겅퀴꽃 바알갛게 퍼져 있는
10원짜리 대한민국 우표는
무언가 질기고 천덕꾸러기일 것만 같은
질경이,
아무 길가에 나납죽하니 밟혀 있던
그 풀이름을 일깨워줬다.
까끌까끌한 잎사귀며
꺼벙하기만 한 꽃송이가

초록의 배경에 힘입어

화사하게 피어난 우표 속의

엉겅퀴는

국화과의 한 핏줄기라지만

어쩐지 막되먹은 집안의 굴러먹는

자식의 이름만

같아

지혈이나 수종水腫,

그 곪아터진 상처를 지하에 내린 뿌리로

쓸어낸다는 한방漢方에 더욱 솔깃하여,

엉겅퀴,

해마다 피는 꽃들은

내 것 남의 것

죄다 먹어 채운 자들의 뱃속에서 부글거리는

설사의 씨앗을 꼬옥 꼭 발라낸다는

질경이의 꽃이름을 일깨우고,

피 다 흘리고 남은 눈물로 엮은 엷은

자색,

낮에 일하고 밤에

야학에 나오던 열일곱 살 난

내 제자 경화를 닮았음인지

까실한 모습인 채로 질경이, 어쩌면

내 식 올리지 않은 안해의

가느다란 손가락,

그러다가는 징역 사는 수인들의
온몸에 찍힌 문신,
엉겅퀴, 엉겅퀴는
생피 너저분한 이 시대의 지혈이거나
썩어 문드러진 이 시대의 고약이거나
자꾸 부르고 싶은 이름이다,
엉겅퀴.

어느 날 나는 어느 우편물에 붙어 있는 10원짜리 우표
의 아름다움에 놀라 선뜻 다가서서 자세히 살펴보았습
니다. 엉겅퀴꽃이었습니다. 옛날 국민학교 시절에 항상
눈에 띄던 그 못난 꽃이 어째서 이렇게 아름다울 수 있
겠는가 하고 더럭 의심이 나긴 했지만, 자꾸 되씹어보
는 동안에 그 꽃이름 엉겅퀴는 무척 매혹적이었습니다.
그리하여 묵은 한글사전에서 그 꽃이 지혈에 특효하며
수종치료에 좋다는 점도, 또는 그 이름이 옛날에는 '항
가새'로 더 많이 불리웠다는 것을 알 수 있었습니다. 그
리고 엉겅퀴는 '질경이'라는 풀이름과 묘한 조화를 이
루는 것이 아닌가 하는 생각이 잇달아 떠올랐습니다.
그리하여 내게 편지를 세 번씩이나 띄워 옛 스승의 옥
살이를 위로해주는 경화, 그리고 당신의 야윈 손, 징역
만 사는 전과자들의 몸에 새겨져 있는 어떤 운명의 표
시 같은 갖가지 문신, 그리고 이 모든 것이 살아가는 이
시대의 어두운 모습, 이런 것들이 얽히면서 '피는 다 흘

리고, 이제 피의 흔적만 남은 눈물의 색깔 같은' 엷은 자색의 꽃, 그 모습이 다가왔습니다. 그래서 이 글이 생겼습니다만, 이것은 엉겅퀴에 대한 두어 가지 단서를 억지로 하나로 엮어본, 아직 손볼 데가 많은 초고에 불과합니다.

이 글을 고친다면, 전체를 단 한 개의 문장으로(지금 현재대로의 윗 시는 2개의 문장) 하고 엉겅퀴와 질경이의 상징을 더욱 명확히 할 것이며, 엉겅퀴꽃으로 상징되고 있는 이 시대 속의 민중의 삶을 좀 더 세련되게 표현할 것입니다. 병태로부터 편지 받았는데 이 엽서가 병태에 대한 답신도 겸했으면 좋겠습니다.『예수의 생애』와《문학사상》을 보냈다는 편지, 그리고 그 종이의 모양에 몹시 즐거웠습니다. 그 글을 쓰면서 하품을 하고 있는 모습이 눈에 선합니다.

사랑

온몸의 피 다 흘리고 눈물마저
바닥나더라도
이제 남은 것은 사랑,
미워하고 미워하며
미워한 끝에 이제
이 삶에서 가랑잎마냥 걸려 있는 것은

사랑뿐이어,

뜬 세상 하염 없는 소망들과

어쩌지 못할 원한들에 부대끼면서

갊히고 갊힌 나머지는

야윈 사랑,

네가 죽고 네가 묻혀 이제사 찾아온

사랑뿐,

가자

이제는 메고온 짐 스스로 떨구고

매달리러 가자,

먼저 간 자가 비워두고

비워두고

비워두고 하늘로 떠났다는

비인 무덤에

가자,

사랑으로 고운 삼베에 쌓여

사흘 잠자러 가자.

사흘 잠자러 가자.

오오, 사랑이란 온 우주를 감싸고도 남아도는 넉넉한 두 팔이다!(이 시는 단 하나의 문장으로 이뤄져 있습니다. 이렇게 하나의 문장으로 좀 더 박진감이 감도는 글을 쓰는 데 관심이 기울어지고 있습니다.) 정숙 씨의 오늘 하루의 단잠을 재촉하며 오늘은 여기서 안녕. 안녕, 여기서.

어떠한 경우에도
사랑을!

나의 베터 K에게.

보내준 9월 11일과 14일에 쓴 글, 행여 입이 째질까 조금씩 참아가며 즐거워했습니다.

『자기앞의 생』의 모모, 무척 단순하며 평범한 필치로 그려낸 '우리들의 모습'의 일면이었습니다.

기린제, 민속제, 내년이면 소생도 축에 낄 수 있을 듯 싶어 김칫국부터 마시고 있습니다. 탁구, 그것 참 여러 친구들과 함께 치던 날이 어제였던가 싶습니다. 글쎄 좀 놀았기로 정숙 씨 상대가 못될 정도는 아닐 거외다.

희석이는 통 편지를 쓰지 않고 있습니다. 지난번 편지, 아리까리하라고 쓴 것이니 그야말로 읽는 사람이 받아들이는 대로의 것입니다.

"꼭 필요한 경우에는 일치를,
애매한 경우에는 자유를,

어떤 경우에도 사랑을."
— 성 아우구스티누스

사담 민중사

(3) 바람은 불어

깝죽거리는 바람떼 빗살을 건너
찾아오면
으레 묻고 싶은 건 금강의 물줄기다.
통 생각도 해보지 않은 채
밟아온 여기저기의 땅들에
주인이 있어 왔다는 얘기를 들려준
신 아무개 시인은 갔지만
그가 바라보던 금강의 유성流聲은
궁궁을을ㄹㄹ乙乙,
동학 패거리들이 등에 붙이고 싸웠다는
그 부적 나부랭이 삐라처럼 갈앉아
어느 만큼이나 흐르고 있는지,
찾아보지 못한 땅을 서투르게 떠올리며
문득 봉준이 교자 탄 압송 모습을
본다.
여기저기 죽다 못다 죽은
핏물들 땡볕에 승천하여

천국의 입구에서 퇴맞은 미꾸라지들과 더불어
빗줄기 타고 내려 오늘도 강은 넉넉하고
바람은 불어
이제 혼자여도 너그러울 수 있는
떠난 사람들의 소식을 들려준다.
땅이 스스로의 과거를 밝히지 않듯
자기 얘기는
찾는 이 있을 때까지 숨겨두는 것이라서
비는 내리고
바람은 불어
주인의 모습을 흐리운다.

[후기]

금강을 읊은 신동엽 시인, 그리고 그 금강, 그 동학 패거리들의 부적인 궁궁을을, (특히 총탄을 향하여 그 부적을 붙이면 영생불사라 하여, 죽음을 재촉하며 치달리던 백의의 농민들!) 그리고 오늘의 나, ……이런 것이 이뤄놓은 시입니다. 지도자 전봉준이 묶이어 교자에 탄 채 매섭게 쏘아보는 모습과 부적을 달고 총알밥이 된 농민들의 대조는, 농민들 쪽이 비 올 때 떨어져 내리는 미꾸라지일 듯만 싶고, 그들 때문에 오늘의 금강은 궁궁을을 소리를 내며 흐르고 있고 마음 넉넉한 너그러운 사람들의 강일 수 있으리란 생각으로 해서, 역시 역사의 주인이 아닌가 하는 겁니다. 전봉준보다는 이름 없는, 그리하여 맥없이 지상에서 사라져간 수없는 민중들의 고난의 삶에 나는 역사의 핵을 발견하는 겁니다.

당신이 매미의 마지막 열정적 울음에서 새 계절의 도래를 읽듯이 나는 빈대의 사라짐에서 가을을 맨 처음 느꼈습니다. 일정량의 피를 상납받고야 물러가는 순전히 공으로 살아가는 빈대, 그도 이제 추위를 감추기 위해 깊숙이 사라져 자취가 묘연해지기 시작했습니다. 공으로 살아가는 모든 빈대 또는 인간들이여! 모름지기 이 가을에는 사라질지어다.

My Dear Better K.

[추신] 예수가 비운 아리마대 요셉의 돌무덤(무덤이라니까 무시무시한 것 같지만)에서 내 친구 예수와 그리고 모오든 사랑의 넓음과 깊음과 우리 함께 만나기로 합시다.

저 거리의 어둠 속에
나와는 관련 없는 것처럼
가리워져 있는 그들 뿌리 뽑힌 삶보다,
나는,
내가 더 행복해야 할 이유를,
갖지 못합니다

나의 정숙 씨에게.

여러 날에 걸쳐서 쓴 편지 잘 받았습니다. 글을 읽으며, 그림을 좋아했다는 언젠가의 얘기가 떠올랐습니다. 회화적인 글, 사물을 바라보는 눈초리가 작고 섬세한 것에 애정을 가지는 글, 그런 느낌을 받았습니다. 그러나 필요 이상으로 평범한 자기의 내면심리에 집착하는 소녀적 감상이 아직 씻겨내리지 않고 있습니다. 내심의 갈등은 20대의 어느 누구나 공유하는 고뇌의 일부이지 나만이 특별하게 겪고 있는 결점이거나 괴로움일 수는 없는 것입니다. 나는 음악과 미술에는 여간 멀리 떨어져 있는 게 아니어서, 또 작고 섬세한 것 하고는 의식적으로 동떨어진 생활세계를 추구해온 탓으로 나하고는 곡을 달리하고 색감을 달리 하는 것들을 소중하게 여기고 싶을 따름입니다.

미셸 콰스트라는 사람이 지은 『십자가의 길』(분도출판사)이라는 조그마한 미니 책자를 읽으며, 또 《진주》10월호라는 미니 월간지에 실린 어느 지적 장애아 학교 여교사의 글을 읽으며, 나는 또 내 몸을 비우고 다시 비워야겠다는 성찰을 새롭게 할 수 있었습니다. 현세적인 권세와 재물에 얽매여 자기 몸을 욕망의 그릇으로 지니고 있는 한 우리들의 삶은 그 무엇으로도 채울 수 없는 괴로움일 수밖에 없을 것입니다. 타고르의 시에(아마 『기탄잘리』 첫 부분 어느 곳엔가) "이 몸을 비우고 비우시와 채울 곳을 남겼습니다"라는 구절이 있는데, 그것이야말로 삶을 지향하는 신앙인의 진정한 기도가 아닌가 합니다. 그동안의 여러 가지 일들은 편지, 대화를 통해 눈치 채고도 남음이 있었겠지만, 나의 삶에 대한 태도는 명확합니다.

정숙 씨나 나나 저 거리의 어둠 속에서 나오는 관련 없는 것처럼 가리워져 있는 뿌리 뽑혀진 삶들, 이를테면 차장, 창녀, 공원, 가정부, 행상꾼, 구두닦이……들의 삶보다 더 행복해야 할 필연적인 이유를 갖지 못하고 있습니다. 그들보다 우리가 더 '가진 것이, 배운 것이, 누리는 것이' 많다는 사실은 순전히 우연에 의한 것입니다. 나는, 이 우연에 의해 얻은 것들을 특권처럼 자랑하며 나와 같은 특권을 갖지 못한 사람들을 외면하면서 살 의도는 조금치도 없습니다. 더 '가지고, 배우고, 누리는' 자는 덜 '가지고, 배우고, 누리는' 자들을 인생의 떳떳한 동행인으로 받아들이고 그들로 하여금 인간답게 살 수 있는 상태를 이룩하도록 마땅한 애정(동정적인 애정이 아니라)을 가지고 살아가는 것, 나와 동등한 또는 나보다 더 많은 것을 가진 자들에게 그 '많다는 것'이 독점해야 할 특권이 아니라 나눠 가져야 할 공물임을 일깨우고 스스로 그 길을 가는 것, 이것은 어둠 속에 가리운 자들의 인간성을 회복시킬 뿐만 아니라 우리들 자신의 인간성도 회복시키는 진정한 인간의 길이라고 나는 추호의 의심도 없이 믿고 있는 것입니다. 이러한 근본적인 깨달음 없이, '자기 자신의 부끄러움을 가릴 수 있을 정도의 명성과 재물'을 추구하는 일방통행을 나는 용서할 수가 없습니다. 나는 언제까지나 가난하고 싶습니다. 빼빼이고 싶습니다. 그러나 나는 금욕주의자나 신선이 아닙니다. 재물과 명성을 증오하지도 않습니다. 다만 모든 삶은 인간의 인간다움에 대한 깨달음을 토대로 이뤄져야 한다는 믿음뿐입니다. 가진 자의 오만, 부유한 자의 거드름, 그것을 내 삶 안에서는 영원히 사절하고자 하는 일념뿐입니다.

그간 편지 한 장 못 받으며 독백을 해야 했던 내게, "너무나 일방적으로 썼다"는 비판은 가혹한 것인지도 모릅니다. 그러나 어떠한 상황 속에서도 일관된 넓음과 깊음을 지니지 못했던 일방성에 대해서는 변명의 여지가 없습니다.

위에서 길게 여러 가지를 쓴 것은 다만 문제를 제기하는 것뿐입니다. 강요하는 것으로 받아들이지 말고 마음껏 비판해보십시오. 이것저것 골치아픈 터에 감기꺼정 겹들여 고생 막심할 때 더더욱 골치아프게 해서 미안합니다. 재미있는 얘길 써보려 해도, 정서가 메말라버렸는지 써놓고 보면 모래 씹는 것 같은 얘기만 적혀 있곤 하는군요. 배구 시합은 곧 할 것 같은데, 글쎄요, 승산은 별로 신통치 못하군요.

그리고 혜영이가 출감했다는 소식 듣고 놀랐습니다. 참 잘된 일입니다. 혜영이 만나는 기회가 있으면, 몸조리 잘하고 당분간 머리를 식히며 휴양 좀 하라고 전해주십시오. 상덕이 소식이 궁금합니다. 지금 어디에 있는지?

입술 안벽에 생겼다가 없어졌다던 염증이 또 생겼는데 후배 녀석들 왈, "그건 지난번 년회 때 키스를 하지 못한 주인에 대한 입술의 반란"이라고 웃긴답니다. 하긴 그럴듯한 풀이라고 사료되옵는 바 귀하의 고견은?

어쩐지, 금년 안에 재회할 수 있을 것만 같은 기분이 감돌고 있습니다. 순전히 육감에 의한 것입니다만, 나도

육감깨나 발달한 명색이 예술을 아는 자인지라, 두고
볼 일입니다.

점점 더 사랑스러워지는 예수와
더불어
우리들의 사랑도 잎새 떨구고
벌거벗은 나뭇가지 위에
잘 익은 과일로 걸려 있거라.

가진 자의 오만, 부유한 자의 거드름,
그것을 내 삶 안에서는 영원히 사절하고자 합니다.

알프레드 시슬레, 〈레 사블롱 길〉, 1883년

아무것도 아닌 나에게,
낙제점에도 미달하는 나에게
스스럼없이
두 손 들고 다가선 당신!
그런 당신에게,
사막 위에 핀 꽃들의
기다림과 고독을 생각하는
스물여덟의 수인囚人이 보냅니다

정숙 씨에게.

내가 감옥살이를 시작하던 때, 나는 여자와의 인연온 잊기로 했었습니다. 처음으로 편지를 받은 것이 작년 6월 1일, 이 여자가 과연 나와의 관계를 지속시켜 갈 것인가를 조금씩 타진해 가며 한 발 한 발 나도 모르게 깊어져갔던 그 후의 일은 말할 필요가 없겠습니다. 그러다가 분단의 심각성을 느낀 것이 작년 겨울의 그 '면회 오지 말라는 내용의 편지' 사건 때였습니다. 나는 단장의 아픔을 가슴 안으로 밀어넣으며, 앞으로 살아갈 징역살이와 보다 더 정당하게 마주서기 위해 가냐 부냐를 판가름 짓지 않아서는 안 된다는 판단을 내렸던 거였죠. 날아든 답장을 받아들고 나는 속으로 얼마나 울었는지 모릅니다. 아무것도 아닌 나에게, 일상적인 판단으로는 낙제점에도 미달하는 나에게 스스럼없이 두 손 들고 다가서는 여인, 그건 차라리 감격일 따름이었습니다. 그때 나의 사랑은 부동의 믿음을 얻었던 겁니다. 그 이래 오늘에 이르기까지 당신은 알뜰한 지어미로서의 정성을 다해왔고, 나는 역경을 딛고 서는 당당한 남자로서의 태도를 잃지 않을 수 있었습니다. 다만 아버님의 병환과 당신의 경제적 사정의 악화가 내게는 숨겨진 채 진행되고 있었다는 어려움만이 아픈 상처로 남았을 뿐 우리는, 내가 말을 너무 앞세웠다는 결점을 뺀다면 풍파 없이 달려온 셈입니다. 여기서 던져진 '불신'의 불씨는 나를 근본적으로 흔들어버렸습니다. '알뜰한 정성'의 표면 뒤로 언제나 있어온 듯한 그 불안, 그 불신의 낌새, 이것은 내 삶 전체에 대한 불안이요 불신이라고 받아들일 수밖에 없는 거였습니다. 믿음이 흔들리는 곳에 사랑이 자리잡을 공간은 이미 없는 것입니다. 세 번이나 편지를 썼다가 찢어버린 끝에 간신히 편지를 써 보냈습니다. 보내고 나니, 어떤 야박스러움, 어떤 나의 불찰이 지나치게 보일까 싶어 다시 한 장 보냈습니다. 그러고 나니 또, 나의 야박스러운 편지들에 정숙 씨가 지나치게 당황할 듯 싶고, 이것은 감싸고 품어야 할 문제지 뱉어버릴 성질의 것이 아니었다는 후회 같은 것이 엄습해와, 감옥살이를 처음 하던 때라면 '사치스러운 유희'라고 탓할 수 있는 이런 글을 적기에 이르른 것입니다. 그동안 보낸 두 통의 편지에 대한 답을 받아보기도 전에 이렇게 조급히 군다는 것이 영 맘에 들지 않지만, 내가 말하는 사랑이라는 것, 자유라는 것,……이 그렇게 호락호락하게 취급한 것이 아니었다는 점 우리들이 아직 하나임, 그리고 앞으로도 하나일 것임을 확인하고 더 이상 동요하고 싶지 않다는 점, 이러한 점들이 나로 하여금 무리하게 하는 겁니다. 날씨가 점점 추워져가고 있고, 시험 때도 된 것 같은데 부질없는 걱정 같은 것, 염려 같은 것은 훌렁훌렁 벗어버리고 힘을 다 하여 추위와 시험에 맞서주시길 기원합니다.

[추신] 얼마 전에서야 풀 한 포기 없는 사막, 모래의 구름만이 끝없이 전개되어 있는 사막에도 확대경으로 보면 갖가지 미세한 아름다운 꽃들이 빽빽하게 피어 있다는 사실을 알았습니다. 작열하는 태양의 살인적인 열, 그리고 폭풍, 사나운 기후에도 아랑곳하지 않고 사막을 수놓는 그 꽃들은 한 번 피기 위해 5~6년을 기다린다고 합니다. 그 꽃들의 인내, 그 꽃들의 기다림, 그 꽃들의 고독을 우리만은 알고 있을거라고 생각했습니다.

글을 기다려 스물여덟의 나날. 비인 창가에 서리가 내려 무늬를 이룬다.

오오, 사랑이란
온 우주를 감싸고도 남아도는
넉넉한 두 팔이다!
당신의 오늘 하루의 단잠을 재촉하며
오늘은 여기서 안녕.
안녕, 여기서.

앙리 에드몽 크로스, 〈풍경〉, 1899년

소식 없음에
자연스레
적응해가고 있는
　　　　나의 무딤

하늘도 별도 구름도

사랑이라 하자
두루뭉수리 못난 생각을 엮어서
지라 하면 지고
피 갈아 밥통 가득히 피 갈아
피 갈아 머리 위 물동이 이고
모든 것 무너져
모든 것 쌓여
맨 밑에는 언제나
허우적거리는 너
너라면

불리워 벼랑 끝의 삶
사랑이라 하자
고통 뭉개어 빚어낸 화폐
값을 치루지 않은 채 오래도록
즐거운 평온의 두께
께름한 불면, 어슴한 괴롬에
밟히라 하면 밟히고
한 입 가득히
자갈 모래 흙
말없이 태우는 빚은
사랑이라 하자

사랑이라 하자
폐쇄된 문에 쓰여진 글자는
두드려 두드려
이제 못으로 박혀버린 가슴은
뿌리내려
연못에 널려진 잎새 넓은 풀
이라 하자
하늘도 별도 구름도 함께 뿌리내린
가슴은
사랑이라 하자.

땀이라야
발밑에 고린내로 남은
몇몇
피라도 내어주며 맞아야 할
이 겨울엘랑
목욕을 사양하겠다.

마른 비늘떼거리 밤마다 부스럭거리며
때 위에 때
층층한 한 시대의 모습을 불려가는
구질구질함 속에서
손톱도 자르지 않겠다, 머리도
이빨도 닦지 않겠다.
— 자주 가려워지겠지, 근질거리는
　　온몸을 달랠 사랑은 길쭉한
　　손톱뿐이어
　　손톱자욱을 건뎌낼 사랑은 층을 이룬
　　때뿐이어 —

주고
모다 주어버리고 남아서
나를 지키는 것은

긁혀 떨어지는 마른 바늘의

시체겠다.

후기(1). 싯구 중의 '너'는 어느 특정한 인물을 가리키는 것이 아님. 문학, 사랑, 역사는 어떤 구체적인 상황의 산물이지만, 그것은 '보편성'을 밑바탕에 깔고 있기 마련. 1과 2, 열흘간의 시간적 간격이, 우리들의 긴 침묵(바로 말하자면 서울 쪽의 침묵)을 경험하는 내 의식의 변화를 보여주고 있으나, 우리들만의, 이러한 사정을 넘어서는 보편화가 드러나지 않는다면 시라고 불리우지 못할 것임. 시는 삶 전체.

후기(2). 나는 자유로워지고 싶고 자유를 추구하길 그치지 않겠습니다. 동시에, 나의 자유는 세상적인 것, 속스러운 것과의 화해 없이는 존재할 수 없을 것입니다. 어떠한 좌절, 어떠한 모멸, 어떠한 시련도 나를 '성스러운 저세상' '비세속적 또는 탈세속적인 나만의 평화'라는 도피로 이끌지 못할 것입니다.

후기(3). 이제 소식 없음에 자연스레 적응해가고 있는 나의 무덤을 반성해볼 시간입니다. 왜 모든 아픔은 순간적, 간헐적이 되고야 마는지 알 수가 없습니다. 춥습니다. 춥겠죠. 아무리 춥더라도 쉽사리 '아아'라거나 '오오'식의 감탄사를 내뱉지 않고 절제하는 기품이 필요한 때입니다. 모든 아픔은 안으로 안으로만 치달려 지하수 되어 흐르는 까닭이라고 이유를 달아봅니다.

사랑하는 이에게 당신의 K 드림

[추신] 오늘 〈작은 별〉이라는 영화를 보았는데 색도에 대한 내 눈의 서먹서먹함(천연색 영화였거든요)과 영화 속의 크리스마스 분위기가 족히 나를 속상하게 할 정도였다는 것, 아울러 담벼락 안의 내 생활은(우리들의 침묵이 아무리 본질적이더래도 결국 찻잔 속의 폭풍우에 불과하다는 내 거시적 시각을 빌라자면) 찻잔 속의 평화라는 느낌, 이런 것들이 나를 건드렸습니다. 사고의 깊이가 줄어드는 것 같고, 그동안 수련했다는 정신적 단련도 내 삶의 추위를 막기에는 아주 작은 것이란 점, 눈이라도 푸근하게 내려야 마음도 풀리리란 생각, 수런수런한 첫날입니다, 11월의.

오늘 혜영이한테서 편지 받았습니다. 그리고 같은 방에 있는 사람들의 연애편지 왕래하는 걸 이가 갈리도록 많이 보는 것도 이제 무감각해졌습니다.

잠, 잠, 잠,
잠 속에서
언제나,
사랑하는 이여,
오늘은, 여기서 안녕!

프레드릭 차일드 하삼, 〈셸리아 택스터의 정원〉, 1890년

어떤 사소한 사랑에도
귀하고 기품 있는 것들이
숨어 있습니다

사내가 좀스럽게 자꾸 말꼬리를 다는 것 같아 여간 미안하지가 않았소, 2일의 면회 때는. 며칠 동안 연일 책이 잘 읽혀 밤잠을 절약했던 탓으로 온몸이 쇳덩이처럼 무거워져 빌빌거리고 있는데 면회 왔단 소식 듣고 여간 놀랬던 게 아니요. 소녀적 감상이 아직도 나의 내면에 남았던 탓인지, 징역살이 일 년 반 하더니 이해력이 무뎌진 것인지, 이번 '가을 소동'은 내가 생각해도 꼴같잖은 졸작이었소.

나는, 나를 선생님이라 부르는 하일동 시대의 제자들이 있어 선생이 되었고, 형이라 부르는 후배들이 있어 형이 되었듯이 'Worse Half'라 부르는 당신이 있음으로 해서 'Worse Half'가 되는 듯 싶소. 나는, 나보다 훨씬 더 어려운 처지에 있는 이곳의 여러 수인들의 애절한,

애틋한, 향그러운 사연들을 같은 방에 있는 사람들의 경우에서 아주 자주 보고 있습니다. 절도범이나 폭력범을 지아비로 삼고 있는 지어미들의 사랑에서 나는 질투 섞인 어떤 강인함을 봅니다. 결코 그들을 얕볼 수 없는 어떤 기품 같은 것에 압도될 때가 종종 있습니다. 내 처지를 합리화하고, 정숙 씨의 편지 드묾을 꼬집으려는 뜻에서가 아니라, 정말로 그들은 쉽사리 '종이 다른 인간'이라고 제쳐둘 수 없는 귀한 것들을 지니고 있습니다. 나는 겸허하게 그들의 삶에서 그 귀하고 기품 있는 것들을 배워야 하겠습니다.

예수의 인품의 두드러진 특징은, 형식에 얽매이지 않고 형식적 법(율법)이나 제도를 철저하게 정신화할 수 있었다는 데 있는 것 같습니다. 적절한 비유일는지 모르겠습니다만.

나는, 사랑이란 것을 어떤 '사적인 행복찾기 놀음'이라는 형식에서 탈피시켜 삶, 죽음을 아우르는 조금은 덩치 큰 것으로 정신화하고자 애써왔습니다. 그런데 고민은, 정신이나 관념은 자칫 잘못하면 말이 앞서고 실제는 뒤진다는 뼈아픈 결점을 항시 내포하고 있다는 점입니다. 어떻든, 나는 버려질지언정 버리는 인간은 될 수 없습니다.

거울이 오면 나는 자꾸 영등포 시절을 기억하게 됩니

다. 그리고 '사랑'이라는 낱말을 생각하면 항시 영등포 시절이 구체적으로 지적되고 있습니다. 이제는 과거에 너무 아름다움을 집중시키는 마음가짐을 절제해야겠습니다. 사람이란 되도록이면 과거에 아름다움을 두려 하고, 될 수 있으면 평온하려 애쓰는가 봅니다. 이런 제약을 부수는 곳에 삶과 사랑의 참모습을 볼 수 있을 텐데 말이죠. 당신과 밤 깊도록 이것저것 별 볼 일 없는 이야기라도, 두런두런 오래도록 얘기했으면 좋겠습니다. 구체적으로 어떻게 살아가야 할 것이냐를 계획하기에는, 교도소란 곳은 대단히 적합지 못한 장소라서 그저 원칙만을 자꾸 되씹어야 하는 재미없음, 이해 바랍니다.

나는 아껴주시는 이곳의 어떤 분은, 내 나이며 살아가야 할 남은 인생을 여며주시며 아직 어떻게(직업이며, 생계며, ……) 살아야 하는지에 서투른 생각을 지니고 있는 나를 꾸짖곤 합니다. 그중에는 이런 얘기도 있습니다. 나이 삼십에 자식을 보아도 늙어빠지기 전에 부모로서의 도리를 다 하기에 빠듯한 법이라고. 내 대답은 이렇습니다. 나이 이십에 자녀를 누었다고 해서 부모 도리를 느긋하게 할 순 없지 않은 게 아니냐고 말입니다. 어쨌든 양으로 계산하는 세태 속에서 질로 양의 부족을 메꾸겠다는 태도는 언제나 '위험하게만' 보이는가 봅니다.

여기까지 쓰느라고 혼이 났습니다. 오늘 저녁에 꼭 쓰고는 싶고, 잠은 원수같이 몰려들고.(오랫만에 맛보는 겁니다.)
사랑하는 이여,
잠, 잠, 잠, 깨어 있는 자의 잠
속에서,
언제나 건강하여라.

사랑하는 이에게
당신의 광석

제3부

공주교도소, 겨울

둘이라는 따스한 마음을 조금씩 지피면서
우리는 왜 정든 땅을 버렸는가?

모리스 위트릴로, 〈몽스니 고개의 눈 오는 거리〉, 1935년

나는,
당신의 무진장한
수다스러움과
작은 이야기들과
그 평범함 속에서
허우적거리고 싶습니다

나의 정숙 씨에게.

알살을 밖에 내놓기가 조금씩 싫어지기 시작하며, 내 몸의 온기에 난방을 내맡긴 저녁 같은 때 누구라도 끌어안았으면 좋겠다 하는 마음이, 조금도 쑥스럽지 않은 열망으로 몸을 근질거리게 하는 겨울의 입구에 우리는 서 있습니다.

엊저녁에는 문학사 책을 뒤적거리다가 한용운, 윤동주의 이름과 더불어 이 시인들이 우리들의 사적인 관계에 끼쳐준 기억 또는 감동들을 뇌어보았습니다. 만해 한용운의 시는 언제나 부드러우면서도 가슴을 들먹거리게 하고 윤동주는 무섭도록 안으로 파고드는 자기성찰로 우리들의 평온하려는 마음을 흔듭니다. 그래서 나는 이육사의 매서운 절개와 처절한 채찍보다 그들을 더 좋아하는지도 모르겠습니다. 요즈음 김수영과 신동엽의 시를 비롯하여 이성부, 정현종 등이 많이 읽히우는 모양입니다. 한용운과 윤동주와 직접 맥락을 대어보고 싶어집니다다만 나는 역시 한 시대를 살아가는 젊은이로서, 자기 시대에 대한 통찰과 더불어 어떻게 자기를 완성해 나갈 것이냐에 대한 탐색에 이르기까지 어쩌면 윤동주와 만해가 치뤘던 그러한 삶이 가장 우리와 가까운 것인지도 모르겠다는 생각도 듭니다.

조금씩 내 평온의 껍질이 벗겨지면서 무엇인가 뚜렷한 삶의 방법, 사랑의 방법을 생각하게 됩니다. 찢어진 소리를 내는 나의 북과 탄력성을 잃어버린 나의 오뚝이를 수선해야 하느냐, 개작해야 되느냐 하는 생각도 그리 쉬운 생각은 아닙니다. 머리를 맞대고 이것저것 부끄러움과 쑥스러움을 여며가며 서로의 아프고 저린 점을 쓰다듬고 매만져줘야 할 시간, 이번 겨울에는 그럴 수 있는 글들이 오갔으면 싶습니다.

나의 하루는 아침 9시~저녁 5시까지 사무실에 나가 청소를 하고 책정리를 하는 등 잔일을 하면서 지내고 저녁 6시~7시 반까지와 아침 6시에서 6시 30분까지 약 2시간~2시간 반 정도의 독서를 하는 것으로 채워지고 있습니다.

한달의 작업 상여금(일종의 월급)은 거금 310원(지금까지 3개월 출역하여 1,000원 정도 벌어놨습니다)인데 출소하게 되면 여기서 번 돈은 반드시 결혼자금으로 쓸 예정입니다. 돈은 많다는 것보다는 그 '얻어진 내용'에 따라 값어치가 정해지는 수도 많으니까요.

'대화를 나눠보자'는 편지를 끝으로 아예 '침묵의 대화' 속으로 잠겨버린 정숙 씨에게는 무리한 부탁일는지 모르겠습니다만, 아르바이트사(경력, 내용, 보수, 시간……), 대학생활사(친구들과의 사귐, 수강과목의 내용 및 그에 얽힌 얘기……), 독서사(읽은 책의 제목, 감상……)를 자꾸만 듣고 싶습니다. 내 이러한 소망은 기실 해묵은(작년부터니까) 것이지만 제대로 답변을 들어본 적이 없습니다. 머리는 언제 어떤 이유로 짧게 깎았다든지, 무슨 무슨 색깔의 옷을 입고 다니는데 어떻게 생각하느냐는 등, 아무리 시시콜콜한 얘기꺼리라도, 흉잡힐까 숨기지 말고 '수다스러움게' 떠들어줬으면 좋겠다는 이야기올시다. 들은 얘기를 또 듣는 것도 좋으니 아아 나는 무진장한 수다스러움, 작은 이야기들, 평범함 속에서 허우적거리고 싶구나.

지금껏 나는 꾸준한 편이었고, 편지로나 면회 시에 잘하느라 해왔지만 역시 문제는 이곳에서 나간 뒤에 내가 얼마만치나 꾸준하게 잘해 갈 수 있느냐 하는 것입니다. 절대로 화를 내지 않겠다고 다짐했던 것이, 이번 가을에 달 보고, 또는 맑은 가을하늘더러 왜 그다지도 맑

으냐고 시비를 걸음으로 해서 한계점을 드러내고 말았는데, 한편 부끄럽기도 하고 또 한편 맥이 풀리는 것도 같습니다. 공을 쌓기는 힘들어도 허물기는 쉽다는 얘기가 실감있게 느껴집니다. "화를 내지 않겠다." "평범해지겠다." 다시 한 번 공언해봅니다. '나와서 잘해주겠다는 얘기는 거짓'이라고 물고 늘어진다면 별 도리 없는 것이지만, 금년 1월에서 5월 사이에 누누이 편지로 다짐했던 얘기들은 우선적으로 지켜가야겠다고 지금도 생각하고 있습니다.

인간 예수(그리스도 예수가 아님)의 사랑 안에 우리네 사랑도 한 몫으로 있기를!

당신의 채광석

하나가 아니고
둘이라는 따스한 마음을
불길처럼 지피면서
이겨갑시다.
이 겨울이 지나면
봄이 올 거니까요

"불러도 불러도 아쉬움은 남느니 날마다 새로 샘솟는
그리움이여."

나의 정숙 씨에게.
오늘은 일요일, 솔제니친을 닮았다는 인상평을 또다시
들은 아침, 석방되어 가족들의 기쁨에 덮여 있으면서
정숙 씨 집을 찾아가야겠다고 결심하는 순간에 잠이 깬
새벽, 흩날리는 눈발이 진눈깨비로 변하는 모습을 보며
영등포 시절을 되살린 오전, 사랑의 한가운데 있으면서
생활의 방법을 찾기에는 너무 야박한 노화현상일지도

모른다는 생각이 스치는 오전 9시 40분, 그러나 정숙 씨의 현실적인 눈만은 까칠까칠한 세파에 견뎌나온 또 하나의 사랑일 것이라는 안도감이 뒤따르는 일요일입니다.

무엇인가 팽창해가고 있고 무엇인가 압박해오고 있는 듯한 무드를 몸 전체로 느끼면서 시시한 건드림이 있다면 한 칼에 베어버리리라 신경을 달구고 지낸 지난 일주일은 사실 76년도의 한국문학에 대한 나의 모멸찬 경멸이요, 76년도의 종교계에 대한 나의 거칠 것 없는 멸시였습니다. 극복을 위한 몸부림보다는 아직도 햇살이 남아 있는 반푼어치의 양지에 몸을 숨기는 문학인과 복음적 사랑이라는 것이(이 경우에는 구체적으로 천주교를 가리킵니다) 겨우 자기네 몸붙이(신부 등)가 처한 고난 정도에만 머무르는 가망없이 좁은 사랑을 지닌 종교인은, 그네들이 쏟고 있는 몸부림을 십이분 인정한다 하더라도 '이곳의 나의 시야'에서는 초라하고 가녀린 것일 수밖에 없습니다. 그러나 나는 어느 경우에서든지 편파적이고 고집쟁이식의 완고함을 피하고 싶습니다. 마음이 어수선하고 팽팽해질 때면, 참으로 믿을 만하고 좋다는 느낌이 드는 예수라는 친구와 그 친구의 아버님 되시는 하나님을 생각해봅니다. 내 주변의 사물과 일들을 용서할 수 있는 마지막 근거가 되는 그들 부자를 생각하노라면, 세상의 무엇과도 화해할 수 있으리라는 느낌이 스며듭니다.

요즘은 『역사란 무엇인가』라는 문학과지성사 발간의 책을 다 읽고 슬슬 『민족·외세·통일의 변증법』이라는 책과 지난번에 보내준 『The Obstructed Path』와 『The Twenty Years Crisis』를 읽으려 하고 있습니다. 그리고 무엇보다도 한 달 반 만에 받아보는 카드(혹은 엽서)를 감명 깊게(?) 읽었습니다. "모든 것을 다 제쳐두고 나만을 생각하라"고 요구한다고 해도 거절할 수 없을 그 필적을 눈에 익히며 왼종일 즐거웠습니다. 『페다고지』를 다시 한 번 읽어보고, 『Understanding Poetry(시의 이해)』를 읽어야겠고, 일어도 공부해야 되겠고, 하고 싶은 것이 많은데 시간의 제약이 나의 욕망을 줄여갑니다.

(솔 벨로우의 사진을 들여다보면서, 벨로우와 솔제니친의 중간 모습이었으면 좋겠다는 생각을 잠시 했었습니다. 그 어느 경우에도 대머리성이 내포되는 것이긴 하지만 벨로우의 눈매와 솔제니친의 더없는 순진한 일면이 섞인다면…….)

기말시험을 치르고 나면 이제 방학이 되겠군요. 날씨가 학교 다니는 일이나 아르바이트 등에 큰 부담이 될 계절이기에, 혼자 있다는 것이 더욱 실감 나겠군요. 내가 일하고 있는 교무과 사무실에는 난로가 있으니 호강스러운 편입니다. 하나가 아니고 둘이라는 따스한 마음을 불길처럼 조금씩 지피면서 이겨갑시다. 그리고 봄에 만나서 손을 맞잡읍시다.

불러도 불러도
아쉬움은 남느니
날마다 새로
샘솟는 그리움이여.

알프레드 시슬레, 〈생-마메스 풍경〉, 1880년

사탕발림이나
눈가리고
아웅하는 식의
말장난은
어림도 없다는
당신의 준엄함

나의 정숙 씨에게.

11월 12일에 쓴 편지를 받고 나서 답 삼아 몇 자 적습니다. (꾸겨지고 낡은 종이에 이렇게 적습니다.)

참 이상해요. 정숙 씨에게서 편지가 안 오는 때에는 후배들이나 제자들의 편지가 심심찮게 오는데, 정숙 씨 편지가 오기 시작하면 걔네들 편지가 안 오는 것이 사전에 약속이나 된 것 같아 보이기도 합니다. 그건 그렇고 이번 편지 받아 읽으며 등골이 으스스해집디다. 내 수다스러운 얘기들을 주체적으로 쏘옥 필요하게만 받아들이려는 굳건함에 감탄마저 했습니다. 당연한 얘기들입니다. '보상하겠다'는 뜻이 분발의 원동력이 되고, 또는 반성의 시발점이 된다는 의미 외에 어떤 공로에 대한 시상의 의미로 비약한다면 상을 주겠다는 자나 상을 받아야 할 편이나 피차 무겁기만 할 테니까 말입니다. '화'에 대한 얘기도 지당한 견해입니다. 그러나 '절제하는 기품'은 폭넓은 자아의 형성을 위하여 항시 필요합니다. 지나친 절제는 오장육부를 모두 빼어버리고 철사줄로 버티어놓은 '박제품'(꿩, 표범, 등의 박제품 같은 것들)으로서의 인간으로 몰아갈 위험을 안고 있지만, 그 위험을 피한다면 '자연스러운 토로'와 좋은 한 쌍이 되는 게 아니겠습니까? 어찌됐든, 시시한 사탕발림이나 눈가리고 아웅하는 식의 말장난은 어림도 없다는 식의 준엄한 설명들은 즐거운만치나 진지하게 받아들여졌습니다. 으스스할 정도로.

추위는 빈대와 피부병을 추방해버렸으니 그렇게 나쁜 것만은 아닌 듯 싶습니다. 밤새 피를 빨아먹고도 이튿날이면 빈 배로 찾아와서 또다시 배를 채울 피를 달라고 보채는 그 녀석들을 바라보면서, 그 몰염치와 탱크와 같은 저돌성, 기민한 동작, 아주 반해버릴 정도였습니다. 피부병은 누군가를 만나지 못해 안달하는 듯이 근질거리던 가려움증이 조금씩 사그러들면서 조금씩 기세를 늦춰가고 있습니다.

너무도 자연스럽게 익숙해진 징역살이기에 조금씩 안일해지려는 자기를 긁어도 봅니다. 사고의 단세포화를 막기 위해서 조금쯤 춥드라도 조금쯤 졸리웁드라도 부지런히 읽고 생각하겠습니다. 기개를 잃지 않고 꾸준한 자세를 지니는 것이 내게 있어서뿐만 아니라 정숙 씨를 생각함에도 가장 큰 위안이리라는 확신이 나를 충만케 하고 있습니다. 꾸깃꾸깃한 종이, 주름진 종이에 이 글을 쓰게 됨도 별스러운 기념일 것입니다.

그리스도 예수 안에 단잠, 그리고 함께 만나는 꿈을 꿉시다.

언제나 쉽게 어깨동무하며
모든 이야기를 나눌 수 있는
이웃,
어느 경우에나 사랑을 거두지 않는
이웃,
언제나 웃음을 거두지 않는
이웃

나는 예수를 어떻게 이해하고 있는가?

서: 11월 12일자의 편지를 읽으며, 툴툴거리는 아이에게 타이르는 듯한 무드를 만끽할 수 있었는데, 그것이 도대체 낯간지럽지가 않으니 쌤통입니다. 어찌됐든 편지를 받아 읽을 수 있다는 사실 하나만으로도 나는 충분히 넉넉한 마음을 가질 수 있는 겁니다. 날씨가 추워짐에 따라 연말에 흔히 나도는 '한 해의 결산' 운운하는 얘기를 씀직합니다. 우선 금년에 가장 많이 들먹거린

이름인 예수를 생각해보고 싶습니다.

본: (장갑과 책 두 권은 잘 받았습니다. 보아 하니 작년에 샀던 장갑이 아닌듯 싶습니다. 내 기억으로는 작년의 그 장갑은 벙어리장갑이었죠.)

예수는, 우리에게 언제든지 깨어 있기 위해 철저한 결단을 하도록 내대고 있다고 얘기됩니다. 너는 여기서 지금 무엇인가, 어떤 방식으로 존재하고 있는가 하고 말입니다.

이러한 예수의 모습은 가장 근본적이며 절실한 모습일 것입니다. 그러나 나는 예수의 모습을 좀 더 끌어내려 다정한 이웃 정도로 보고 싶습니다. 돈을 벌고자 애쓰고 돈으로부터 벗어나고자 비틀거리며 한 가정을 이루고 한 사회에서 오순도순 살기 위해 속이고 싸우고 뒤죽박죽이 된 삶을 살아가는 모든 인간들에게 언제 어디서나 새로운 삶, 앞을 지향하는 삶이 불안이 아니라 축복인 것이라고 소근거려주는 이웃, 거짓과 위선을 자기의 본성인 양 받아들이게 하는 제도와 구조의 속살거림으로부터 우리들의 본모습을 찾도록 도와주는 이웃, 온갖 삶의 실의와 권태 속에서도 희망의 등불을 항시 밝혀주고 있는 이웃, 나아가서는 언제나 쉽게 어깨동무하며 모든 이야기를 나눌 수 있는 이웃으로 예수는 이해됩니다. 그는 어느 경우에나 곁을 떠나지 않는 이웃이며, 어느 경우에나 사랑을 거두지 않는 이웃이요, 언제나 웃음을 거두지 않는 친구입니다.

그러기에 나는 감히 당신에게서 예수의 모습을 보고, 당신에게서 하나님을 향하는 통로를 본다고 말하는 것입니다. 예수는 사랑이라는 창을 통해 바라다보이는 세계 전체입니다.

결: 내가 출역하고 있는 교무과 사무실 안에는 물 끓는 소리가 하오의 햇살과 함께 어울리고 있습니다. 어제 내린 함박눈(평평 내렸죠)을 이제는 잊어버린 듯 모든 사무실의 장식들은 온화하게 제자리를 지키고 있습니다. 다시 지금은 신새벽의 한기가 감방 안의 여덟 수인의 마지막 남은 온기를 찾아 살갗을 오르내리는 아침입니다.

그렇습니다. 예수는 더운 사무실 안의 평온에서는 보다 부드럽게 존재하기 때문에 그의 실체를 깨닫기가 무척 힘든 것이요, 춥고 절박한 환경 속에서는 그만치 적극적인 모습으로 현존하기 때문에 알아보기가 쉬운 것이 아닌가요.

다음 번 글은 좀 더 시간이 흐른 뒤에 써야 되겠습니다.(늦으면 12월 초) 그때에는 지금 3분의 1쯤 쓰고 있는 시 한 편을 보내드릴 수 있겠습니다. 시끄럽고 부산스러운 도시의 소음에도 추위는 스며들 것이고, 스며드는 한겨울의 추위만큼 우리네 사랑도 예수도 체온을 주며 내일을 준비해야 되겠습니다. 건강하고 편안한 잠 속에서 우리 약속대로 만납시다.

꿈, 꿈, 꿈이 익는 마을에서.

[추신] 일전에 화보를 통하여 세계 각국의 인종들의 여러 가지 생활모습을 본 적이 있는데, 역시 우리가 상식적으로 '인간'이란 말을 쓸 때 우리는 황인종과 백인종만을 상상하는 것이라는 느낌이 듭니다. 우리네의 시각으로는 '더럽고 추하고 괴물같이' 생겨 먹은 아프리카나 여러 곳의 인종들은 성경을 읽을 때나 책을 읽을 때 하나님이 우리들과 함께 '인간'으로 창조한 것 같지가 않아 보이기 일쑤입니다. 사람을 보는, 역사적인 맥락과 더불어 공간적으로 전 지구를 덮는, 시각을 명실공히 확립하는 것도 생각해봄직한 일입니다.

'우리는 왜 정든 땅을 버렸는가'라는 문장이 참 마음에 듭니다. 책이라도 한 권 엮어볼 기회가 생기면, 제목으로 삼고 싶어질 정도입니다.

크게는 말고 조금씩,
정말이다, 님이여
조금씩만 나눠 웃으며
자잘한 얘기
큰 목소리로 나누며
시시해지고 싶어
시시해지고 싶어
나는 운다, 님이여

My Dear 정숙 씨에게.

비슷한 색깔의 털실을 구해 장갑의 손가락 사이의 틈 벌어진 곳을 때우며 나는 이렇게 투덜거렸다오. "젠장, 연탄 갈고 청소하는 데 필요한 장갑이지 그냥 끼고만 있는 건 줄 아나……" 하고 말이요. 게다가 김치 쉰 얘기를 듣고 보니 이거 잘못하다간 '쉰김치 감별사'가 되는 게 아닌가 해서 또다시 으스스해졌지 뭡니까. 하하.

사랑 노래

이렇게 쓰리라 한다, 님이여
그날 아침 유난히도 헛구역질, 먹고 싶은 것이
많아져 입안이 부승부승하더니만
당신의 편지가 맞아떨어져 나는 운다
응애, 삼신할멈 깡마른 손바닥에 엉터지며
그대를 만나려 나는 운다, 님이여
보고 싶어,
그것이 그대에게 고통일지라도 다만
보고 싶어,
가시가 되어 그대의 손가락에 틀어박혀
바늘 끝이 후비어도 그저 그리움으로 남고 싶어,
고집스레 자리를 지키는 것이다, 님이여
쉬어빠진 김치 한 보시기 그저 사랑하는 까닭에
맛있다 맛있다 하며 먹고지워 이 밤은 나가고
나가고 싶어지는 것이다, 님이여
세월보다도 높다란 저 담벼락을 벗어나
함께 있고 싶어지는 거다. 무너뜨리고
무너뜨리고,
사랑 안에 모든 잔주름 녹여버리고
어느 날 갑자기 그대 앞에서 담담히 손을 내밀고
싶어지는 거란다. 님이여
크게는 말고 조금씩, 정말이다, 님이여

조금씩만 나눠 웃으며 자잘한 얘기 큰 목소리로

나누며 시시해지고 싶어

시시해지고 싶어

나는 운다 님이여 시푸르둥둥한 엉덩이에 퉁구스의

후손답게 누런 피부로 나는 태어나 가시가 되어

그대의 손가락에 염증을 피울까 그리움으로 곪을

우리네 아픔을 어찌할까 가슴가슴 부비며

나는 기도한다 님이여. 마침내

나는 무릎을 꿇고 덩치 큰 내 친구 예수의 아범

사람 좋은 하나님께 우리네 작은 사랑의 부끄러움을

감사하는 것이다. 님이여

작은 사랑의 고달픔을 님이여 우리는 함께

바치는 것이다. 하나님께 하나님께

우리 태어나 아픔으로나마 하나되어 있음은

울어 고해바치는 거다. 님이여

[후기]

「사랑 노래」는 군말 필요없이 우리 둘의 목소립니다. 낭독하는 '가락'을 내가 직접 시범해 보이면 더욱 좋겠지만 그냥 아무렇게나 읽어도 좋습니다. 당신 없이 쓰여질 노래도 아닌 것이고, 그러기에 작자는 나이지만 소리는 둘의 소립니다. 여간해서는 나 자신의 사랑을 시로 쓰는 것이 잘되지 않는데, 누구누구의 힘을 입어 단숨에 휘갈길 수 있었습니다. 북받치는 무엇인가가 펜을 계속 밀어준 것입니다.

엽서를 다음 달에 써보려고 빌빌거리는 참에 손가락에 가시가 박혔다는 편지를 받고서 '안 쓰고는 못 배기게' 되어 이렇게 쓰고 있습니다. 시험, 레포트 모두 잘 치러 내리란 것 믿고 있어도 되겠습니다. 가시는 지금쯤 뽑혔지 않을까 생각하는 중입니다. 건강과 사랑이 먼저 우리 안에, 그리고 예수와 더불어 있기를 기도합니다.

빛을 찾아서,

어둠을 내버려두지 않는

빛을 찾아서

오늘도 꿈속의 데이트를!

My Dear Better K.

시험준비, 또는 시험 치르느라 바쁘지 않습니까. 벌써 크리스마스 카드를 주고받는 성급한 무리들이 있어 나를 노하게 합니다. 크리스마스, 과연 살아 있는 예수를 만난다면 그는 뭐라고 할까요? "이 독사의 자식들아, 누가 너희들더러 먹고 취하고 흐물거리는 오늘을 준비하라더냐. 이미 도끼가 썩은 나무 아래 놓여 있으니 눌린 자, 병든 자, 소외된 자, 가난한 자를 나를 대하듯 하지 못하는 석목들을 찍어 불에 던져 넣으리라. 너희는 장례식장에서 즐겨 노래 부르고, 멍에진 자들의 아픔에 기뻐했나니, 불에 타면서 흘리지 못한 눈물, 나누지 못한 아픔을 노래하거라." 그러나 절대적인 절망에 처하여 한 인간이 비는 구원에의 기도가 결코 그 부르는 여름이 용왕, 천신, …… 등이라 해서 미신일 수 없듯이 어둠 속에서 즐거움과 기쁨을 축하하는 소박한 잔치는 그 나름대로 신앙의 일면을 보여주는 것일지도 모릅니다. 얼마 전에 본회퍼의 『나를 따르라』라는 허혁 교수님이 번역한 책을 조금 읽어보았는데(5분의 1 정도), 신앙을 갖는다는 것, 은혜를 말한다는 것의 철저함에 가슴이 섬뜩했었습니다.

지금 막 편지를 받아 읽고 있습니다. 기쁘다는 얘기로 족합니다. 병도 형께 1월 초 아무 때라도 좋겠다고 전해주십시오. 이달부터는 전보다 일회씩의 면회 기회가 더 주어지고 있습니다. 12월에는 형님이 1일에 다녀가셨고 20일 이후에 희석이가 다녀갈 예정으로 있습니다. 면회가 두 번 된다는 것은 그간 4개월여에 걸쳐 출역했기 때문에 4급수에서 3급수로 승급(?)했다는 데 그 근거가 있는 거지요.
시험이 끝나고 경호다방*에 나간다는 13일이 바로 정성현 군(안정을 쓴 말라깽이 후배녀석, 퍽 수줍은 놈이죠)의 출소일인데(새벽에 나감), 오후에 거기 들리라고 해두었습니다. 나원 참, 편지 받고 싶어 가시가 박히는 경우가

다 있다니, 그건 '즐거운 동화'에나 나옴직한 얘깁니다. 이제 마음을 가다듬고 성경을 다시 읽으려고 준비 중입니다. 박승제가 김정환이 면회 와서 "출소하거든 구멍가게 차려줄 테니까 가게나 보라"고 말했다고 해서 모두들 비명을 올리며 즐거워했습니다(지난 11월 말). "그렇다면 소주는 정환네서 먹으면 되는 거고, 그런 다음에 광석이 형은 방이나 큼직한 거 마련해라, 취하면 자고 가게." 이런 엉터리 후배놈들에게 나는 "좋다. 먹는 것(주식)은 느이들 집에서 하기로 하자"고 대답했습니다. 이렇게 하여 의·식·주가 깨끗이 해결된 겁니다. 하하, 성경의 "신랑이 너희 곁에 있을 때 먹고 마시며 즐거워하라"는 구절을 빌미로 부지런히 우동, 짜장면, 고기 등 예산을 초과해가며 먹어대고 있으니 그런 것은 걱정마십시오.* 빛을 찾아서, 어둠을 내버려두지 않는 빛을 찾아서 오늘도 꿈 속의 데이트를!

[추신] 다음 글은 일주일쯤 후에 보내지요. 언제나 어려움, 불안, 막막함 속에서 우리들의 친구 예수의 손길을 발견할 수 있는 여유를 아낍시다. 아낍시다. 서로의 못남과 서로의 어려움을 아낍시다. 반들반들하게 닦고 가꾸고 손때를 묻혀 우리들의 어둠이 마호가니 가구처럼 반들거리도록 합시다. 그리고 자신이 엉터리라서 미안하다 하

---

* 교도소에서 개인의 영치금으로 사먹을 수 있는 간단한 음식들을 팔고 있음.

지만, 병태나 부권이는 그 엉터리가 내겐 지나치게 아름다워 보인다니 우리 둘이 모두 엉터리란 얘긴지 모두 아름답다는 얘긴지 얼떨떨하군요. 어찌됐든 우리들의 사랑이 아름답도록 노력하는 것은 주위에 있는 친지들의 격려와 기대에 답하는 길이기도 할 것 같습니다. 성탄의 선물, 내겐 시를 준비하는 행복밖에 없기에 지금부터 부지런히 시심을 달래 보아야겠군요. 언제나 건강하십시오.

동학의 땅 공주에서

웃으며 자잘한 얘기 큰 목소리로 나누며
시시해지고 싶어 시시해지고 싶어
나는 운다.
사랑하는 이여.

아침안개 젖은 일요일
새벽,
당신을 생각하는
축복!

My Dear Better K.

아침안개가 어둠을 감싸안고 서서히 모습을 내보이는
일요일 새벽입니다. 엊저녁에는 이것저것 뒤적거리다
가 동학의 무리들이 한국 근대사에 가장 처절한 핏자국
을 남긴 우금치 땅을 생각했습니다. 우금치, 지금은 패
배와 좌절의 뼈아픈 현장으로 기억되는 이 땅도, 예수
가 그러했듯이 부활하였고 현존하고 있으나 눈먼 베드
로의 후예들은 아직도 그 영혼의 활동을 보지 못하고
있습니다. 성령의 비둘기 같은 내림을 보지 못하고 있
습니다. 나는, 시집이라도 하나 엮을 수 있는 기회가 온
다면 제목을 「우금치의 사랑 노래」라는 지극히 유행가
제목 같은 천한 이름을 가장 자랑스럽게 부칠 것입니

다. 이런 생각을 지니고 잠들었는데 그만 거기서 정숙 씨를 만나고 말았습니다. 어느 극장에서 우리는 따로따로 입장해서 서로 다른 좌석에서 서로 다른 동행인과 영화를 보던 중, 마침내 서로를 발견하고는 깜짝 놀라 동행인(정숙 씨는 학교 교수님과, 나는 대학때 친구와)들을 내쫓아버리고 합석하여 서로 만나게 된 것이 기쁘고 놀라워 주위 사람들의 눈총도 아랑곳하지 않고 마구 떠들어댔던 겁니다.(그러나 그건 신부와 수녀로 만나는 광경은 아니었습니다. 하하하.) 지금은 한참 시험 중일 것으로 생각되는데 성적에 구애받지 말고 평범한 마음으로 치르십시오.

내게 어려운 점은 다른 모두에게도 어려웁다는 태평스러운 마음가짐으로 12월의 바쁜 며칠을 채워가십시오. 언제나 당신의 곁에는 '함께 있어야 할 부재인不在人'이 손 비비고 있음을 기억하십시오. 엊저녁부터 일어 성경(정성현 군의 유물)의 누가복음을 읽기 시작했습니다. 시간이 남으면 공동번역 신약성서의 마르코복음을 읽으려 합니다. 누가복음은 다른 복음서보다 예수의 (그리스도성보다도) '친구됨'을 두드러지게 나타내고 있고, 마르코는 제일 먼저 쓰여진 복음서이기 때문에 다소 어수룩한 데가 엿보이는데 바로 그 어수룩함이 진짜인 것 같습니다. 참 『주머니 속의 에세이』라는 젊은 시인, 소설가, 비평가들의 수필집을 읽었는데 가벼운 마음으로 읽기에는 알맞은 듯하녀군요.

우리들의 크리스마스는 마가린 둘,
설탕 두 봉에 달걀 둘 돌돌 비벼 쨈 만들고
식빵에 발라 씹어돌리는
우리들의 크리스마스는 예수야 그리스도가
아니어도 별 볼 일 없다. 쐬주에 담배는
세월 좋던 옛 추억이기에 사탕 몇 알, 과자
부스러기, 갯엿, 둘러앉아 쉬어빠진
유행가나 부르는 우리들의
크리스마스는 누구의 생일이건 깟뎀이다
배나 부르면 그뿐
사랑도 부활도 마리아도 수채구멍이다
자리를 털고 방을 쓸고 자리를 펴면
찌그러진 부모·형제·처자식이 말구유에 달랑 누워
기다린다. 나를 기다린다. 동방박사를
기다린다.
염병할 놈의 날씨만 코끝을 스친다.

「우리들의 크리스마스는」은, 징역살이하는 '헐벗은 자들'의 크리스마스 잔치를 작년의 경험과 그간의 생활에서 얻어진 그대로 써본 것입니다. 쨈을 만들어 빵에 발라 먹고, 사탕, 과자, 갯엿, 사과 등을 삥 둘러앉아 먹고는('씹어돌린다'는 말은 이곳에서 자주 쓰이는 용어임) 돌아가며 노래나 부르고, 제각기 안쓰러운 사연을 되뇌이며 잠자리에 드는 이곳의 크리스마스에서는, 예수는 그리스도가 될 수 없습니다. 마리아의 처녀탄생, 부활, 사랑도 모두 먼 나라의 얘깁니다. 다만 절실한 것은 고달픈 인생과 나를 기다리고 있는 식구들(기다려줄 사람이 없는 경우도 많습니다만)뿐입니다. 누가 진정 이들을 위로할 수 있단 말인가? 예수는 이들에게 있어 과연 무엇인가? 크리스찬, 그리스도인된 마음을 근본부터 뒤흔드는 이 참담한 생의 한가운데에서 나는 예수로부터 그리스도의 영광을 폐위시키는 일의 화급함을 절실하게 느낍니다. 그는 친구여야 합니다. 언제나 동지여야 합니다. 나는 눈물을 흘리며 이 어려운 시대를 위로하며, 또다시 위로하며 살아가는 우리들의 사랑을 깊이 감사하고 있습니다.

우리는, 우리들의 주위에서 시집, 장가, 아이 낳기, 돈 모으기, 출세하기에 점점 친구들을 빼앗기고 있습니다. 당신이 지금 시험을 치르고 있다는 것, 그리고 내가 징역을 살고 있다는 것, 이것들은 참으로 어리숙한 장난질들만 같아 보입니다. 준비만 하나가 그 좋은 시절 다 보내다니, 아깝기도 한 일이외다. 그러나 나는 이렇게 변명하고 싶습니다. 그들 먼저 떠난 자들의 그 숱한 방향 착오를 둘러보며, 산다는 것의 어려움과 사람다웁기 위한 고뇌와 우리들이 선 출발점을 좀 더 확고하게 다질 수 있는 '늦은 자의 여유'는 괴로움인 동시에 즐거움이라고 말입니다. 좀 오만하게 말한다면 징역을 산다는 것도, 시험을 치른다는 것도, 우리에게만 남겨진 행복입니다. 나는 그 나이에 교양학부의 시험을 치르고 있는 대학 2년생의 당신을 곁에 두고 있음을, 하나의 축복으로 봅니다.(낮에 짜장면 내기 배구 시합을 해서 이겼기 때문에 짜장면을 공짜로 먹었는데, 다섯 세트를 뛰고나서 찬물로―순 깡다구로―목욕하고 나서 쓰는 글이라 손이 무거워 글씨와 문장이 엉망입니다.)

해일이 녀석에게 저번 편지를 보여줬더니 신부, 수녀 이야기를 읽으며 방 안이 떠나갈 정도로 웃더군요. 7일에 출소하면 광주에 있는 집에 가서 한 달쯤 휴양하고 나서 서울에 가겠답니다. 정성현 군은 13일에 출소하여 당일 오후에 경호다방에 들르겠다는데, 글쎄(이 녀석은 집이 인천입니다), 그게 말같이 될지는 모르겠습니다. 그날은 너무 기다리지 마시되, 18일(토요일)쯤에는 꼭 들를 겁니다. 시험 중에 "기운내라!"는 의미로 쓴 편지인데 잡다한 얘기가 되어버렸습니다. 병도 형, 혜영이, 병태 등 여러 친지들 보거든 안부나 전해주시고, 항시 건강하세요. 엄마, 아버님, 오빠, 동생, 집안 식구 모두도 말입니다. 주 예수의 안에서.

내가 자꾸 우리 시대의
어두운 면을 말하는 것은
빛을 찾아서,
새벽을 기다리기 위해서
꼭
받아들여야 할 것들이
그곳에 있기 때문입니다.
하지만 크게 하나 되는
빛,
바로 그 빛 속에서
우린 모두 하나의
빛일 것입니다

My Dear Better K.

오늘은 12일. 정숙 씨 시험 끝나기 전날이요, 성현 군
출소 전날이요, 그리고 영화 〈우정〉을 본 날입니다. 영
화를 보며 참 많은 꽃들을 볼 수 있었고 참 여러 가지

색깔들을 볼 수 있었습니다. 나는 어떤 선전용 영화일지라도 그 고정된 목표와는 자유롭게 스스로의 재미에 따라 볼 수 있는 약간의 재주를 익혔습니다. 그런 덕분에 〈우정〉을 보고도 즐거워할 수 있었습니다. 그리고 아직도 마른 것, 빼빼될 것을 주장하는 건성乾心 사고방식이 조금은 반성스러웁게 되뇌어졌습니다. '더 크고 더 넓고 더 풍요로워지기 위해서'라는 변명이 아무리 타당한 것이라도 자신을 거듭 비우고 거듭 채찍질해 나간다는 것은 금욕주의로 빠져들 위험성을 항시 지니고 있는 것입니다. 그러나 싸워보지도 않고 상대의 실력을 가늠하고, 사랑해보지도 않고 상대의 사랑을 감득하고, 겪어보지도 않고 고통을 이해할 수 있는 풍부한 감성과 냉철한 이성을 나는 지니지 못하고 있습니다. 지금은 13일 오후입니다. 성현이와 만났을지도 모르는 시간입니다. 금년 크리스마스와 연말연시에는 주책없이 많은 카드와 편지를 받고 싶습니다. '교도소에 서신 보내기 운동'이라도 벌어졌으면 좋겠습니다. 기왕 욕심을 낼 바에, 100여 통 받는다면 약간 흐뭇해질지도 모르겠습니다. "내게서 받는 것 가지고는 부족하단 얘기냐"고 눈을 흘긴다면 그야말로 할 말이 한마디도 없어져버리는 얘깁니다. 나는 크리스마스라야 별 볼 일 없는 터이고 그 흔한 연하엽서 한 장 못 띄우는 비렁뱅이의 처지지만, 숱한 이웃들과 더불어 아기 예수의 탄생을 조금씩 즐거워해야겠습니다.

참, 지난번 엽서에 가장 음험한 방법으로 내비쳤던 크리스마스 선물건은, 『Good News Bible』로 받았으면 좋겠습니다. 선물을 '달라'고 얘기하는 염치 없음도, 잘만 보이면 애교로 보임직도 하잖습니까? 어둡고 침침한 노래 외에는 별로 써본 일 없는 나에게 '즐거움의 노래'를 신나게 써제칠 수 있는 은혜가 주어진다면, 다음 편지에는 연말, 연시, 크리스마스를 한데 묶는 '기쁜 시'를 보낼 수 있을 것입니다.

성현 군을 내보내면서 그놈 말대로, 미성년을 벗어난—어떤 성인식 같은 장애를 통과하는—친동생을 객지로 내보내는 쓸쓸함이 마음 한구석에 남았습니다. 한 세계를 벗어나 새로운 세계로 나아가기 위해서, 우리는 순간순간 여러 형태의 보상을 지불하고 있기도 합니다. 지나친 보상은 생명마저 건드릴지 모르겠지만, 산다는 것은 언제나 죽음과의 끈질긴 대결일 것입니다. 죽음의 얼굴을 외면만 하다가는 더럽고 추한 죽음만을 만날 수 있을 것이기도 합니다. 성경을 보면 예수가 마주쳤던 죽음은 십자가의 죽음만이 아니었던 듯 싶습니다. 형식과 제도의 그물, 시간의 그물에 얽매여 있는 자기 자신을 끊임없이 진실하고 새로운 세계로 내몰았던 예수, 그는 일생을 죽음과의 대면으로 채운 '생의 인간'이었습니다.

연초에는 면회가 아닌 다른 형식으로 서로 만나볼 수 있는 기회가 주어질지도 모르지만, 주어진 세월 감해진다 해도 그리 크게 즐거울 일은 못 됩니다. 묵묵히, 우리 둘만의 경력을 여유있게 쌓으면서, 생명을 보는 그 날을 향할 뿐입니다. 살아 있다는 것, 살아 움직인다는 것이 어째서 저주가 아니라 축복인지를 체험으로 이뤄가는 그날들 말입니다. 시험 치르느라고 힘들었을 것이고, 지금쯤 편지가 공주로 향하고 있을지도 모르고, 아름다운 언어를 낳기 위한 진통이 서서히 고조되어 가고, 그리고 우리들의 사랑도, 다만 우리들의 사랑만이, 공간의 차이를 무색하게 하여 가고 있고, 뭐 그런 것이 아닙니까? 병도 형과의 1월 면회는 꼭 그 날짜를 미리 알려주십시오. 누구누구 올 것인가도.(그래야 나도 대비해 두지요. 잘못하다간 너무 흥분해서 가슴이 무너져 내린다면 큰일 아닙니까?) 정숙 씨,(낮은 목소립니다) 이불 걷어차지 말고 단잠으로 이 밤을 새우십시오. 꿈, 꿈이 있는 단잠은 새벽을 기두리고 있거든요.

내가 자꾸 우리 시대, 우리 삶의 어두운 면에 집착하는 것도, 빛을 찾아서, 새벽을 기다리기 위해서 꼭 받아들여야 할 것들이 그곳에 있기 때문입니다. 하지만, '크게 하나 되는' 빛, 바로 그 빛 속에서 우리는 모두 하나의 빛일 것입니다.

날씨가 차가워진다는 것과 갇혀 있다는 것, 이런 조건들 때문에 나를 걱정하고 계실 테지만, 첫째 나는 날씨가 추워지면 냉수마찰을 하는 기이한 습성을 가지고 있습니다. 둘째 갇혀 있다는 것은 자유롭기 위한 가장 기본적인 사실로 받아들이고 있습니다. 이제 방학입니다. 갑자기 많아진 시간들을 여유 있는 마음으로 보내시길 부탁드립니다. 성현이는 동생처럼 자주 만날 수 있다면 그만큼 좋을 것입니다. 1년 6개월간이나 함께 지내었고, 그만치 여유 있고 이해심 많은 녀석(비록 갈비씨지만)이니까 말입니다. 내 흉내도 웬만한 것은 다 낼 수 있을 정도일 겁니다. 국민학교 교사하는 성현이 누님도 참 좋은 분입니다. 격려의 편지도 보내주셨습니다. 건강하시고 아무쪼록 건강한 잠, 건강한 꿈을 꾸시기 바랍니다. 예수의 안에서 하나의 꿈을!

언제나
예수 앞에
어린아이일
우리들의
삶과 사랑

참으로 아슬아슬하게 카드를 보내준

My Dear Better K.

하루만 늦었더라도 연하장이나 기다려야겠다고 투덜거
릴뻔 했소이다. 그리고 신장 군(아마 고교생일 것으로 알고
있는데)의 신년 격려사, 의외의 선물이었습니다. 그런데
아직 호칭문제에 내해 서투른 일면이 있어서 그걸 정해
드리라는 정환 군 및 여러 방우들의 권고를 전합니
다.("To 광석 형"의 '형'이 '매형'의 오기誤記라는 것이 중론이니
까. 하하하.) 23일 현재 하일동의 제자, 고교생인 동생 형
석이 그리고 미아동서 둘, 4장의 메리 크리스마스를 받
았습니다(방금 이희신 씨와 제자로부터 도착하여 6장!). 김수

환 추기경님의 성탄절 메시지도 참으로 멋진 것이었습니다. 입이 귀밑을 육박하고 있는 지금의 판단으로는 Christmas의 각 철자를 머릿문자로 한 단어 및 문장은 참으로 흐뭇했고 옆에 그려진 세 타입의 얼굴은 틀림없는 내 모습들이었습니다. 변화의 순서도 정확한 거였습니다.(덜 미남으로 그려졌다는 불만은 항시 남는 법이지만.) 『Good News Bible』과 시집은 잘 받았습니다. Bible은 삽화와 지도가 곁들여 있어 내가 가지고 있는 책 중에서 가장 사랑받는 책이 될 것입니다. 1월 4일에(11시 30분경이나 그 후, 전 아무 때도 좋습니다.) 병도 형과 함께 오신다니, 지금부터 스을슬 얘기꺼리를 장만해야겠습니다. 급한 마음만 가지고 얘기한다면 사랑의 힘으로 징역살이의 긴 시간들을 무너뜨리고 아예 손잡고 나갔으면 좋겠지만, 그게 글쎄 상상의 차원에서만 머무는 얘기라서……. 그리고 신장 군의 연하장을 받아 읽으며 새삼 우리들이 서로의 즐거움, 격려만을 염두에 둔 나머지 주위에서 함께 사시고 함께 고락을 나누시며 함께 걱정해주시는 여러 어르신네들께 인사 한마디 전하지 않았다는 생각이 뒤통수를 쳤습니다. "늦었으나마, 모든 어르신네께 예수의 탄생을 전해드립니다. 마리아는 예수를 낳았지만 (그리고 그는 구세주였지만) 우린 어둠의 늪을 헤치며 끊임없이 번식해가는 사랑의 꿈을 낳겠습니다." 마리아가 따로 있는 게 아니고 예수가 별도로 존재하는 게 아닙니다. 사랑을 낳는 모든 산모들은 마리

아입니다. 사랑을 실천하는 모든 '어린아이'들은 예수의 모습입니다. 우리도 마리아가 됩시다. 우리도 '어린아이'가 됩시다. 사랑 앞에서 '어린아이'가 됩시다. 내 잠자리 머리맡에는 예루살렘에 입성하는 예수의 모습과 그를 환영하며 호산나!를 외치며 나뭇가지를 흔드는 여러 사람들의 모습이 담긴 그림이 붙어 있습니다. 그리고 발치에는 변소가 있습니다. 예수님이 전진을 계속하신다면 머지않아 변소에 다다를 것입니다. 어둡고 냄새 나는 오욕의 장소, 골고다의 그곳으로 말입니다. 그러나 예수는 사흘 만에 부활하신 것입니다. 징역살이는 (외람된 얘기지만) 무덤 속의 사흘간입니다. 이 사흘 동안에 부활의 동력을 만들어내지 못한다면 무덤은 언제나 무덤으로 남을 것입니다. 우리, 새해에는 무덤을 비웁시다. 새 생명으로 다시 태어납시다. 1977년은 부활의 해! 부활의 해!

언제나 예수 앞에 어린아이일 우리들의 삶과 사랑 안에서

당신의 광석

[추신] 냉수마찰 때는 발가락 틈새를 열심히 닦겠습니다.

모든 거짓과
모든 추위와
모든 어둠마저
굽어굽어 감싸안는
너의 용서 아래
해는 돋는다.
1977년의
해는 솟는다

보고지운 정숙 씨에게.

39년 만의 추위라고 호들갑을 떨던 한파도 비비적거리
며 슬슬 꼬리를 사리는 28일의 밤입니다. 제깐 것이 추
우면 얼마나 춥겠습니까. 사람이란 추위 정도에 의식이
사그러들진 않는 모양입니다. 치열한 내연이 점점 더
뚜렷하게 모든 사물을 보게 할 따름입니다. 이곳 공주
교도소는 백제를 거쳐 이조, 일제, 이렇게 오랜 연륜을
징역살이하는 사람들로 붐비어온 전통의 땅입니다. 가

장 가까이는 소녀 유관순이 우리가 매일 보는 건물 구석에서 한 시대의 어둠을 밝히다가 사라져간 사례를 들 수 있겠습니다.

참, 지난번 편지 이후로, 후배, 제자, 김도연 군의 누님…… 등의 성탄·새해 축하 카드를 받았습니다. 그리고 희석이로부터 정숙 씨가 일어성경을 사기 위해 사방을 헤맨 얘기가 보고되었습니다. 들려오는 것은 모두 정숙 씨의 애쓰는 모습뿐이니 이 추위가 시베리아제라 한들 어찌 내 심장을 건드릴 수 있으리오.(이건 정말로 일급비밀인데, 혹한이 깝죽거리던 며칠 동안 『Good News Bible』을 껴안고 잤습니다. 이하 생략.)

내 이제 혹한의 거리에 내던져진다 한들
손톱 밑을 파고 후비는 추위를 용서할 수 있으리니
내 인동忍冬의 관용이 멈추는 곳에서
사랑은 다시 불로서 타오르거라.
타오르거라 사랑아 날카로운 이성이 멈춘
이제 더 할 수 없는 추위의 땅에서
너는 홀로 시대의 선구로 타올라
붉은,
이제 더 붉을 수 없는 너의 성실을
거기 세우라 다만 너와 나 둘이서 마주 선
세계의 가장 후미진 뒷골목에서조차
너를 세우라, 이 어두운 거리를 용서하라

모든 거짓과 모든 추위와

모든 어둠마저 굽어굽어 감싸안는

너의 용서 아래 해는 돋는다. 1977년의

해는 솟는다.

용서합시다. 마지막 체온까지 앗아가려는 추위를 용서
하고 우리들의 수월한 만남을 앗아가려는 어둠을 용서
하고 우리들의 가장 큰 선의마저 매장하려는 거짓을 용
서하고 그러나 이 모든 용서를 크나큰 우리들의 사랑으
로 보증하고 새해를 맞읍시다. 나는 부지런합니다. 나
는 웃음을 지니려 애씁니다. 나는 주려고 손을 내밉니
다. 걱정 마시고 1월 4일에 현물을 보고 안심하십시
오.(면회시간은 오후 1시에서 2시 사이가 좋을 듯 싶은데 편한
대로 하십시오.) 건강을 빌며.

당신의 가장 그럼직한 광석

용서합시다. 추위를 용서하고 어둠을 용서하고
거짓을 용서하고, 그러나 이 모든 용서를
크나큰 우리들의 사랑으로 보증하고 새해를 맞읍시다.

프레더릭 바질, 〈포도 수확을 위하여〉, 1868년

사랑에 깨어 있고
의로움에 깨어 있고
모든 삶에 깨어 있고자 하는
나의 염원은
혹한을 뚫고
조용히 일어섭니다.
당신을 위하여,
나를 위하여

나의 사랑하는 정숙 씨에게 보내는 74번째 글

면회 때마다 느끼는 거지만 항시 보내놓고 보면 아쉼이
남습니다. 이번노 예외가 아니어서 생일을 기억하지 못
한 아둔함을 사과할 기회를 가지지도 못했고, 정문을
들어서는 정숙 씨를 맨 처음으로 보았음에도 불구하고
찾아준 분들의 고마운 뜻을 먼저 말해야 되기에 부권,
병도 형, 경석이를 먼저 보았다고 하여야 했고, 동생들
의 눈치에 보답하느라 정작 얘기다운 얘기도 하지 못했

고…… 여간 미안하지가 않습니다.(여기 다녀간 사람들 한 달 동안 차비마저 동나는 게 아닌지 모르겠습니다.) (그리고 올드 미쓰님의 히스테리는 내가 못 받아내면 누가 받을 수 있단 말요?)

末日의 노래

깨어 있으려 한다 여인아
나리는 눈마저 눈까풀 그 위에 쌓이어
노곤한 하루의 노역을 잠으로 이끄는데
책을 펴고 곱아오는 손등을 호호 불며
1976년의 말일 며칠을 지키려 한다.

여인아 내가 지키는 사명의 헤어진 자락이
비루먹은 무식쟁이 굵은 매듭보다
더 잘나고 훌륭해서가 아니라
나도 그들과 같이 마디 굵은 삶의 아픔을 느끼고 싶어서
이 밤사 몰려드는 잠을 훠어이 훠어이
내어 쫓으며 궁리를 거듭한다.
여인아
너의 섬세한 염려가 지켜서 있는
차가운 나의 뺨이 아직도 고운빛
부드러운 삶을 지니고 있음은
아직 갈길이 멀다 함이니

여인아 30년간의 상식이 내리누르는
눈까풀을 버티는 수삼 년의 수양 그리고
옥살이의 퀴퀴한 힘도
안방의 따뜻함을 아는 우리에겐
스쳐 지나는 간이역의 불빛일 터라서

깨어 있으려 한다 여인아
적당량의 추위와 더불어
이 밤 깊어가는 어둠을
범하려 한다
어멈아.

[후기]

언제 어느 곳에 있다 하더라도 안일을 유지할 특권을
지닌 사람은 없습니다. 사랑에 깨어 있고, 의로움에 깨
어 있고, 대등에 깨어 있고, 모든 삶에 깨어 있고자 하
는 나의 염원은 혹한을 뚫고 조용히 일어섭니다. 당신
을 위하여, 나를 위하여,
지닌 연말에는 앰네스티 윤현 목사님과 양일동 씨로부
터 각 5,000원씩의 성금을 전해 받았습니다. 주위에 있
는 여러분들의 도움이 어떤 때는 눈물겹도록 고마울 뿐
입니다. 이기고 돌아가겠습니다. 내게 주어진 삶을 지
배하며, 혁신하며, 언제나 용서하는 그런 당신의 Worse
Half가 돼보이겠습니다.

예수의 안에 함께 있는 당신의 채광석

234

젊은 공처가
예비생의 꿈이여!

일흔다섯 번째의 글을 받는 나의 정숙 씨에게

이사야서를 읽다가 자꾸 이런저런 생각이 어른거려 이 글을 씁니다. 날씨가 풀려 속옷을 빨아 널고 머리도 감고 그러면서 낮을 보내었습니다. 못다한 이야기들이 무수히 쌓였는데도 막상 이야기가 되어주질 않습니다. 어제는 승제가, 친구들이 모금한 돈 5,000원을 정환이 면회 왔다가 넣어주고 갔습니다. 희석이에게 글을 쓰다가 쑥스러워지는 대목이 있어 멈췄습니다. 정숙 씨 얼굴과 모습을 기억하려 하면 전엔 마르고 긴 손가락이 먼저 떠오르곤 했는데 오늘은 웃을 적의 보조개만 기억납니다. 새학기에는 전공과목을 시작하게 되겠군요. 상담 상대가 되어드릴 수 있겠습니다. 그간 나 때문에 산 종교서적들은 참고서로 써주십시오. 쓰일 날이 있으리란 계획이 슬슬 맞아떨어지는 셈입니다.

정숙 씨가 내게 준 맨 처음의 글에서 크고 튼튼한 건물을 짓기 위해서 우리는 깊고 넓게 파내려가는 지하공사를 하는 셈이란 뜻의 말을 했었고 지난 연말에는 1977년은 건물을 짓는 해라고 했는데 나는 서투른 기술자라서 은근히 걱정이 됩니다. 성서를 보면 모래 위에 집을 짓는 자와 반석 위에 짓는 자의 비유가 나오는데 우리들의 반석은 고난과 어둠 속의 삶이고 우리들의 주춧돌은 고난과 어둠을 이겨온 사랑인 셈입니다. 이스라엘 민족이 환난이나 어려운 처지에 처했을 때 항시 자기를 일깨우고 용기를 낸 것은 바로 출애굽Exodus 사건에 대한 생생한 기억 탓이었습니다. 1977년은 우리 둘에 있어서 출애굽의 한 해일 것입니다. 어려운 처지에 놓인 많은 사람들에게 해방을 선포하는 쨍 하고 해뜰 날이 고루 주어지길 기원할 따름입니다. "레몬 향기 없는 겨울은 얼마나 삭막할 것인가?"라는 어느 뻔뻔스런 여류 시인의 말을 듣고 매우 어이없어하던 날이 있었습니다. 레몬 향기를 즐기는 그녀의 취향이 나쁜 것이 아니라, 이 땅의 대부분 사람들이 레몬향기는커녕 끼니 걱정에 매일을 보내고 있는 이 시대에 그런 말을 입 밖에 내어 활자화한다는 그 덜돼먹은 시인정신이 노여웠던 겁니다. '가진 자'는 최소한 겸허해야 됩니다. 스스로를 자랑하기 앞서 그 자랑 때문에 그늘질 많은 사람들을 생각해야 됩니다. 나는 투박하고 견고한 건물을 짓고 싶습니다. 돈으로 산 우아함보다는 우리들의 삶이 구석구석에

밴 그런 가구를 차리고 싶습니다. 가정부가 만든 맛있는 요리보다는 정숙 씨가 만든 쉰 김치를 즐기고 싶습니다. 메니큐어와 고급 화장품으로 무장된 손보다는 물기에 젖은 아내의 손에 경의를 표하고 싶습니다.("말하는 폼을 보니 고생께나 시키겠다"는 즐거운 불만이 들려옵니다.) 목동 시절의 옷가지를 골방에 넣어두었던 어느 정직한 재상의 이야기처럼 징역 살던 날의 기억을 언제나 가까이하며, 하루 한 번씩은 그날들을 기억하는(대부분의 경우 정숙 씨의 덕을 상기시키는, 내겐 매우 불리한 내용일 테지만) 기도를 함께 드리는 지아비이고 싶습니다. 아아 나는 무엇보다도 말 잘 듣는 공처가이기를 이쯤서 맹세해야겠다. 모든 나의 결점은 이 맹세 속에서 녹아버리리라, 젊은 공처가 예비생의 꿈이여!

[추신] 지난 12월부터는 행장급수가 4급에서 3급으로 승급되었으므로 한 달에 면회가 두 번 허락됩니다. 그렇다고 다시 와달라는 청이 아니라 이 달엔 부족하였지만 그런대로 한 번 만나보았으니 빈 호주머니 털어낼 생각 마시고, 다음 달에는 월 초에 정숙 씨가 다녀가시고, 월중에 희석이가 다녀가는 방법을 택했으면 싶습니다. 한 번에 몽땅 다녀가니, 정신이 얼얼하고 무엇인가 허전하기도 합니다. 그리고 지난번 면회때 병도 형은 정식으로 면회접수가 되었기 때문에 도중하차하실 필요가 없었는데 부권이 혼자만 나가라고 할 수가 없어서 나가시는 걸 말리지 않았더랬습니다. 그점 양해 바란다고 전해주십시오. 그리고 면회때 부실했던 점은 그날따라 이곳 사정이 여의

치 못했던 까닭이지 내 능력부족이나 준비 소홀 탓이 아니었습니다.
그러니까 면회 날자는 미리 알려주시면 두루두루 좋습니다.

    [추신] "멋진 건물"을 지웁시다.

 – 옳소!

봄냄새가 봄냄새가 봄냄새가 봄냄새가
납니다 납니다 납니다
벌써 봄이! 벌써 봄이!

날로 새로워지려는 몸가짐과 정숙 씨의 소식을 기다리
는 바람 속에 다시 날이 흐르고 월이 메꿔질 것입니다.
언제나 건강하시고 활달하시길 기원합니다.

하나가 둘이 되고자 하는 근원적 모습은

고뇌의 공동해결, 기쁨의 공동분배를

딛고 서는 것이기에 말입니다.

클로드 모네, 〈벨 일의 바위들〉, 1886년

사랑한다 그리고
이 사랑마저 구차하다
보아라 여인아
구질맞은 육신
너널거리는 몰골의
이 초라한 정신을 보아라

나의 이름은

구질구질하여진다 여인아,
모든 죄를 용서받고 살아가는 이 목숨이
구차하고
용서의 큼에 견주어 작은 용서마저 뜻같지 않은
이 삶이 구차하고
추위도 때문은 수의도 변소냄새 그득한 침실도
닦지 않은 땀덩이마냥 스물거리고
갈아입은 내복마저 구질맞다 여인아

미웁다 그리고 이 미움마저
구차하다
사랑한다 그리고 이 사랑마저
구차하다

여인아,
명예나 우아함이나 화려함을 지키려는 욕망이
부끄러워서도 아니요
날을 더해 2년을 채워가는 징역살이가
고되이서도 아니요
멀고 먼 삶의 기착지 보이지 않는 땅이
그리워서도 아니요
아니다, 사랑이 응어리져 이제 분신이 되어버린 꽃담요
카시미론
모포를 주고 강아지* 한 마리라도 피워대고 싶은 갈망이
아니다, 손가락 타들어가는 송장잽이** 그 가여운 무절제가
나의 심장을 두드리는 연민 또는 동참의 정이
아니다,
오오 나는 후레자식인가 여인아
나의 이름은 1060번인가, 1060번씨인가 아니면

---

* 담배의 속어.
** 남이 피우다 남긴 쬐끔의 담배(즉, 송장)를 받아 피우는 사람을 말하는
    은어.

5년씩 10년씩 짊어진 징역을 푸른색 관급官給 이불로 때우는
징역쟁이 곁에서 후꾸루 꽃담요* 앰네스티카시미론 내복에 둘둘 말리운
도둑놈인가 여인아 부모도 돌아갈 집도 절도 없는 법무부자식들**
앞에서 연애편지를 기다리며 일희일비하는 나의 이름은 도둑놈인가

보아라 여인아
구질맞은 육신 너덜거리는 몰골의
이 초라한 정신을 보아라.

<hr>

*　카시미론모포의 교도소 용어.
**　사고무친한 전과자들을 일컫는 말.

하늘은 푸르러
구름 한 점 없소
그리고 춥소
참으로 추운 날이오

춥소.
1월을 떠나보내는 말일의 추위는 혹독하오.
혹독한 이 추위 속에서야 비로소 건너다보이는 공주산
성이 친근해 보이오.
깎아야겠소.
세 달 기른 머리에서 퇴폐의 냄새가 나오.
파랗게 밀어버리고,
지난여름 면회를 마치고 돌아가는 당신의 뒷모습을 지
켜보던
그 처연한 마음으로 돌아가야겠소.
만만치 않으리다.
정면에서 부딪혀야겠소.

나는 당신곁으로 보내는 마지막 겨울이 춥듯이

봄은 또 봄대로 쑤시고 뒤틀릴거요.

2년 묵은 생명이 얼음을 깨는

몸부림 오죽 아프겠소.

거친 대로, 부족한 대로

조금씩 이겨왔소.

묵은 찌끼 뭇다버려 몸은 근질거리고

서투른 배움만 달그락거리오만

허리띠 풀린 채 배운 뱃심이 그리 허술하진 않소.

머리깍이우고 갇힌 수의의 몸 서러웠다 하더라도

그 배움이 아주 못쓸 정도는 아니오.

둘러보아도 둘러보아도 작고 춥기만한 스스로의 모습

이 안타까웠지만

당신과 어깨를 나란히 했던 대공원 그 어슴프레한 어둠

녁을 새기며

외로웁진 않았소.

오늘 아침 난로불은 성공이었소.

매일같이 꺼치는 그 불 땜에 더욱 부끄럽던 나의 추위

었는네

오늘 아침 갈아넣은 연탄은 질 좋게 타고 있소.

사무실 청소를 마치고 앙상한 나뭇가지를 매만지노라니

튼 손이 그리 미웁지 않았소.

독서는 정상을 찾아가고 있고

특히 성경은 의무 삼아 읽어가고 있소.

이제 2월이랍니다.

노래를 불러야 하겠소.

고고풍의 가톨릭 찬송가라도 소리를 높혀 목에 낀 때를 벗어야겠소.

"서산에 붉은 해 걸리고

강변에 앉아서 쉬노라면

낯익은 얼굴이 하나둘

집으로 돌아온다."

성현이, 해일이, 정환이와 함께 하루 30분 운동시간에 즐겨 부르던 노래요.

하늘은 푸르러

구름 한 점 없소.

그리고 춥소.

참으로 추운 날이오.

이날을 골라 이렇게 편지를 쓰오.

여든두 번째요.

바리톤, 굵은 저음으로 읽혀졌으면 좋겠소.

당신을 어떤 얼굴로 보아야 할지 무척 걱정스럽소.

집안 모두 평안들 하시옵고,

생활에 윤이 돋길 바라오.

자
유
롭
고
싶
소

지난 11월 12일에 받은 편지들을 복습해보았지. 지금쯤 정숙 씨는 어떤 생각을 하고 있을까 미루어 생각해보려던 거야.

신장군이나 희신 씨 또는 병도 형, 병태에게 지원을 의뢰할까 생각도 해보았지. 참았어. 참고 기다리기로 했어. 지난 11월 초에 있었던 그 부끄러웠던 기억이 나를 더욱 몰아치고 있는 거야.

봄은 오는데, 겨울과 더불어 봄은 혼재混在하기 시작하는 데, 나는 시시하게 쉘리의 싯귀 "겨울이 오면 봄은 멀지 않으리"를 읊진 않으려는 게야. 겨울과 봄은 차례

대로 오는 법이 없어. 뒤엉켜서 언제 어디서나 한 몸으로 와 있는 거야. '보는 눈'의 차이일 뿐이야. 내 눈엔 헐벗은 산, 참혹한 추위뿐, 봄은 보이지 않았던 걸 알았지. 앞으로 고칠거야.

잘 자. 나도 자야겠어. 긴 시간 잠든 사람들을 물끄러미 바라보며 어떤 얘길 써야 할까 궁리했지. 잘 자.

　[추신] 군에서 제대하던 날, 텅빈 호주머니, 구질구질한 옷 그러나 이제는 마음대로 쳐다볼 수 있는 거리, 참으로 즐거웠소.

　야 2개월간 집에서 칩거하던 기간, 글을 썼소. 그리고 서울로 갔소. 견고하게 쌓이는 고독과 무척 좁아진 선택의 폭, 이런 것들이 나를 취직시험 공부로 이끌어 갔었소. 다시 생활의 반경을 넓히고 숨을 쉴 수 있는 영역을 확보해갈 무렵 나는 교도소에 왔소. 갇혀 있다는 사실, 그건 군대나 여기나 마찬가지요. 다른 것은 나이와 확신의 강도뿐이오. 당신에게는 2,000원의 차비면 마음 내킬 때 찾아올 수도 있는 거리요만, 나의 거리는 조금은 길고 조금은 더 꼬부라져 있소. 당신에게는 돈과 마음의 문제인 것이 내게는 시간(세월)의 문제인 셈이오. 내겐 변경할 수 있고, 고칠 수 있는 영역이 거의 없소. 이게 갇혀 산 20개월의 의미요.

　좀 더 자유롭고 싶소. 나로부터, 그리고 세계로부터 벗어나 칩거하는 기간이 좀 치열한 각성으로 찾아왔으면 싶소.

법무부 자식들 앞에서 연애편지를 기다리며
일희일비하는 나, 사랑한다
그리고 이 사랑마저 구차하다 아아…

자유롭고 싶다!

조르주 쇠라, 〈삼손 요새의 풍경〉, 1885년

나보다 더 좋은
나의
반이여

My Dear Better K.

나비가 되어
노랑 장다리 밭에 휘휘 나들이나 가고지워,
꽃이 되어,
시들한 삶에 향훈이 되고지워,
개가 되어,
이 한밤 컹컹 짖어 졸음을 내쫓고지워,
호랑이가 되어,
불붙는 입, 터지는 포효를 천하에 보이고지워,
오오 사랑하는 이여,
엽서가 되어 그대는 집 지키는 안사람이 되고
생명은 아는 이 없어도 저대로 태어나는 것이라서

힘들여,

힘들여,

이 인생 너와 더불어 걸어간다

걸어간다

짧은 사연 보고 싶은 얼굴 새벽녘 찬바람에 새기며

나비가 되어,

꽃이 되어,

개가 되어, (이건 어감이 어째 좋지 않은걸!)

호랑이가 되어,

값싼 행복은 진정 우리들의 것이 아닌 까닭에

온몸으로, 온 삶으로 걸어간다,

님이여

두 손 호호불며 빨아 널은 옷가지를 바라보며

작은 엽서 한 장의 궁금증에 얼어붙어야 했던 1월의 혹
한을

기억한다

기억한다 집 지키는 당신의 모습 별 볼 일 없이 바쁘고

마음 조급하다는 그대의 심사를 가누며

노랑장다리가 되어 봄의 입김을 내보이고

아아

따꼼따꼼한 그대의 마음에서 즐거움을 읽고

헤매는 한 인간의 몸부림에 신경질을 보아야 하는

이 강퍅한 가슴을 두드리며

그대 앞에 서러 한다.

생활의 좁음, 세월의 어려움을 벗어나 툭트인 시야
그대의 광장을 바라볼 수 있는
큰 눈으로 서려 한다.
나의 보다 더 좋은 반이여, My Dear Better K.

빛은
어두움을 비추기 위해서
뻗어나갑니다

삶의 다양한 부분들을 떠나온 지 두 해, 보리의 새싹들을 말리우는 메마른 이 겨울만치나 삭막한 내 가슴을 열고 보다 새롭고 보다 헌신적인 삶을 받아들이고 싶습니다. 장부의 나이 30, 그것이 무엇이던지 아마추어의 자세로 대할 수는 없습니다. 내가 지금껏 눈감아왔던 그 어느 것에라도 따스한 눈길을 줄 수 있는 삶은 못되었다 하더라도 이제는 분명히 따뜻함과 총명함과 덕스러움을 나눠주고 함께 어깨를 맞댈 시간인 것 같습니다. 종일토록 한 가지 일만 반복한 탓으로 어깨가 무겁고 글이 잘 쓰여지지 않습니다만, Better K. 빛은 어두움을 비추기 위해서 뻗어나갑니다. 사랑은 갈등을 녹이기 위해서 타오릅니다.

예정내로 10일에 면회를 다녀간다면 정숙 씨가 이 글을 읽는 지금은 마악 면회를 마치고 되돌아온 다음 날일 것입니다. 그다지 새로울 것도 없는 면회요, 창살을 사이에 둔 만남이지만 정신은 만나도 만나도 언제나 새로운 정신입니다. 그리움 또한 맨날 거듭되더라도 지겨울 까닭이 없습니다.

금년의 겨울은 위력이 놀라울 정도로 대단했습니다. 이 겨울에 기름이 얼고 차가 얼고 모든 것이 얼었다 하더라도 우린 젊은 그대로 생동하고 있습니다. 겨울과 맞서기 위해 한껏 날카로와졌던 신경을 누그러뜨리고 몸 서리처지도록 그리웠던 옛 사물들과의 만남을 기대하고, 그 틈새를 메꿀 '사람들과의 생활'을 상상하여야겠습니다. 전쟁의 때는 이제 서서히 막을 내리고, 꽃을, 한 송이의 꽃을 당신에게 드릴 평화의 시간, 그 시간이 다가옵니다. 먼지를 털고 신장개업할 그 삶을 나는 이념이나 깃발보다는 우리들의 '삶'에게 바쳐야 할 것입니다. 언제나 조금씩 느긋해지시고, 나를 생각함에 있어 자신의 소홀함이나 그 비슷한 것에 대한 염려는 항시 제쳐두시길 기원합니다.

이대로 만나도 우린 젊을 수 있을 겁니다. 평생 쓰고도 남을 충분한 시간을 가질 수 있을 겁니다. 파면 자꾸 나오는 것이 사랑의 탄광인 듯 싶습니다. 건강하십시오.

옛날로의 복귀가 아닌
새로운 시작으로

My Dear Better K.

『싯다르타』(헤세의 소설)를 읽었소. 『대화』에 실린 「백인이여 참회하라」를 보았소. 출가하여 금욕생활을 거쳐다시 세속으로 돌아와 깨달음을 얻는 싯다르타. 우리를 안일에서 벗어나 기존의 모든 연관과 분열하게 하고 다시 궁극의 테두리 안에서 일치하게 하는 하나님, 또는 예수, 그다지 감명 깊은 독서는 아니었지만 1971년에 출발한 나의 긴 고행이 가야 할 떳떳한 사고와 부드러운 삶이 지니는 본뜻을 거듭 생각하게 하여주었소. 세속의 평범한 삶으로 돌아가는 나의 자세는 옛날로의 복귀가 아니라 새로운 시작이어야 합니다. 옛 사물, 옛 거리, 옛 사람들과 함께 평범한 생활인이 된다는 것은 내게 있어서 부끄러움이나 약함이 아니라 떳떳하고 강한 적극적 생에의 의지일 것입니다. 옛 자리에 새 정신, 새로운 헌신으로 선다는 것은 소리 없는 혁명입니다. 조용히 그리고 묵묵히 가장 사소한 하나의 인간으로 다시 선다는 것은 크게 웃어야 할 기쁨이기보다는 심장의 작은 경련을 수반하는 내밀한 기쁨일 것이기도 합니다. 이런 관점에서 나는 우리들의 하나되고자 하는 열망과 그리움이 징역살이의 초창기에 비해 점점 시들해져가는 현상이 내면으로의 조용한 침잠이라고 봅니다. 열광과 몸부림보다는 나날의 변화를 조용히 받아들이는 안으로의 헌신, 아주 당연한 마무리일 것 같습니다. 사실 우리는 서로 가장 그리워할 때 가장 약했고 가장 힘 없었던 것입니다. 다만 그 약한 사정을 전혀 느끼지 않을 정도의 마취가 있었던 탓에 용기를 지닐 수 있었을 따름입니다. 오랜만에 햇살에서 '봄이 이미 와 있음'을 느낍니다. 몸으로 울던 육^肉 그대로의 정신에 이제 관자로서의 부드러움과 조용한 웃음이 더해질 시간입니다.

정숙 씨, 모든 사물들이 다시 부드러워지기 시작하고 있습니다. 치열한 싸움의 연속 속에서 이제 꽃을 준비할 동토凍土의 부산함을 지켜봅시다. 내가 상대방에게 전부일 수 없고, 전부를 가질 수 없다 하더라도 그것만을 이유로 설워하고 괴로워할 수는 없습니다. 우리는 뒤엉켜 빛과 어둠의 교차를 보고 있으며 빛과 어둠은 언제나 함께 있습니다. 조용히 주어진 빛을 바라보고 주어진 어둠을 응시하며 삶의 덧없음을 그 삶 속에서 이겨가야 할 것입니다. 조용히 '별 볼 일 없는 바쁨'을 바라보며 멀리서나마 위안이기를 바라는 이 글을 맺습니다.

우리의 봄을 기다리며, 광석

당신 때문에, 모든 사물들이 다시
부드러워지기 시작하고 있습니다.

클로드 모네, 〈푸르빌의 길〉, 1882년

어느 봄날,
종일 기다린 끝에,
면회장에 들어서선
그냥 울음을
터뜨리던 당신!

My Dear Better K.

바람이 몹시 거세게 흙먼지를 날리운 21일, 간단한 편지를 받고 즐거웠습니다. 노자의 『도덕경』에 관해서는 오직 무식하고 무지할 따름이라서 무어라 할 말이 없군요. 그것보다는 등록금에서 시작되는 개학 준비는 어떻게 되어가고 있는지 등이 궁금하군요. 봄이 오고 출소일이 가까워진다 해도 그것이 그리 대단한 기쁨일 수만은 없는 거지요. 봄이 의미하는 '약동하는 삶의 충만'을 겨울이라 해서 맛볼 수 없는 것이 아니듯 다시 맞은 봄에도 겨울의 음산한 추위가 숨어 있을지도 모르겠습니다. 요즘은 나의 도덕주의자적인 편견을 벗어나 속물들의 세계에 스스럼없이 끼어들 수 있는 마음가짐을 연습하고 있습니다. 인연이 없는 것으로 간주했던 '마음의 사치' '물질의 사치'……를 긴장감 없이 대할 수 있는 여유와 능력이 어쩌면 쉽게 습득될지도 모르겠습니다. 쉬운 굴복이 아니라 끈질긴 대결을 통한 극복, 이것이 나머지 삶을 통해 견지되어야 할 우리들의 사랑이며 봄에 숨어 있는 겨울을 대하는 우리들의 다짐이어야겠습니다.

대춘待春

올 테면 오라지
지난겨울이
39년 만의 또는 20년 만의
추위를 데불고도 고꾸라지지 않고
잘도 찾아왔듯이
봄이 온다면 오라지
겨우내 숨어 살던 빈대의 모진 목숨 데불고
3, 4등 인 찍힌 가다밥 꼭꼭 씹어
사지에 모둔 피 갉아 먹으러
올 테면 오라지
스며드는 한기寒氣를 못다 막고
온몸 구석구석

고드름진 육신의 흑뿌리 도드라진
푸른 옷 민머리 허리띠 빼앗긴
수인의 몸
스물거리는 아픔 일켜세우러
건너 산 마른 가지에
물이 오를 테면 통통히 올라보라지
빼앗긴 들
숨어 흐르는 한恨
세우면 모두 서슬푸른 결전의 혼,
가슴 떨리는 가르침들 소리 낮혀 외우며
빈 들에 흐드러진 꽃망울들 만나러
가기는 가야겠다
삐비꽃, 냉이꽃, 민들레, 사르비아, ······
공들여 가꾼 왜풍 정원의 비위 상하는
인공의 꽃밭, 너절한 닙본도의
메마른 획일을 가르고
꽃들의 사랑을 심을 수만 있다면
아내여
아침 식탁엔 생선지짐에 따끈한
정종이라도 있어야겠다.
지난밤 어지러운 꿈은
갈 테면 가라지.

서울 구치소 때, 어느 봄날 종일 기다린 끝에 면회장에 들어서선 그냥 울음을 터뜨리던 당신을 나는 오래도록 잊지 못합니다. 그 봄 내내 당신이 치른 어려움들을 손톱만치도 알지 못한 나의 이해의 한계는 뻔한 것이었지요. 그때 일어사전과 일어책 상하권이 들어왔었고 공주로 온 뒤 영영사전 등이 소포로 보내어졌었는데, 우직하다는 점 빼고는 난 참 약질 못해서 항시 남의 처지를 꿰뚫어보는 형안을 가지지 못하고 있습니다. 그제나 이제나. 약삭빠르고 민첩한 일면도 때로는 긴요한 요소인데 가려운 곳을 긁지 못하는 단견은 고치기가 이렇게도 힘듭니다.

빈약한 상상력으로 처음 고백하던 날의 울음, 어린이대공원에서의 눈물, 서울구치소 면회장에서의 울음을 기억해보고 있습니다. 그 울음들은 그것이 어떠한 바람직한 뜻을 가진 것이더라도, 나의 책임이 다해지지 않을 상태를 나타내줍니다. 감사나 충만의 뜻이라 하더라도 우리는 사랑한다는 노골적 의사표시 밑에 흐르는 뜨거운 공감의 바탕에서 울음보다는 작은 웃음, 눈물보다는 작은 기쁨으로 노출되어야 했을 겁니다. 하나가 둘이 되고자 하는 근원적 모습은 고뇌의 공동해결, 기쁨의 공동분배를 딛고서는 것이기에 말입니다.

자 그럼 편안한 잠, 낭만스런 꿈이길 빕니다.

꿈이라도 꾸어야겠다
꿈에라도 가야 한다

도회인과 같아지려는 욕망으로 시굴말씨, 시굴몸짓, 시
굴다운 모든 것을 청산하기 시작했던 고교 시절 이래,
나는 지나친 지식의 노예가 되어왔습니다. 이제는 도시
다운 모든 것, 거짓된 지식의 중압으로부터 벗어나 자
연스러운 한 인간이고 싶습니다. 사랑하는 이에게조차
도 때로 부담을 줘야 하는 삶의 좁다란 영역에서 나는
조금은 확 트인 삶을 되찾고 싶어집니다. 며칠 전에 하
일동 야학 때의 제자로부터 편지를 받았습니다. 가슴이
메어시는 슬픔, 무언지 모르는 설움이 눈시울을 적셨습
니다. 어머니를 여의고 집안살림(날품팔이 아버지와 동생
들…)을 꾸려가는 열일곱의 경화는, 집을 비우고 교회에
나갔다고 꾸지람을 듣고는 몹시도 가슴이 아픈 모양입
니다. 착해지려는 의도마저 가로막는 가난의 슬픔…….
그에게 있어서 나는 위안일 수 있는가, 아니면 힘일 수

있는가……. 사랑하는 여인에게조차 힘이고 위안일 수 없는 나의 처지, 아니 이 처지에서조차 동료 수인들의 힘이요 위안이지 못한 나…….

문학은 이런 상황에서 무엇일 수 있는가. 나는 민중의 시각에서 역사를 바라보는 소설의 황석영(소설집『객지』와 장편소설『장길산』의 저자)과 시의 김지하를 모범으로 하는 리얼리즘의 철저한 정신 속에 나의 눈이 떠지고 있을 것을 기대해왔습니다. 황석영 씨도 언젠가 토로했듯이 이제 문학은 글깨나 읽을 줄 아는 지식층 독자를 대상으로 전개되는 글놀음이거나, 문학사적 위치나 정신의 정상을 자랑하는 위대성의 표시이기를 그치고 하잘것없는 서민 대중의 고달픈 삶에 하나의 위안이 되고 그들의 매몰된 삶에 사람다움의 본질을 일켜 세우는 힘이 되어야 할 것입니다. 나는 정숙 씨가 이해하기 힘들었다는『촛불의 미학』따위의 저서를 그 정신이 아무리 심오하고 그 아름다움이 아무리 큰 것이라 하더라도 문학으로 부르고 싶지 않습니다. 지극히 제한된 지적 엘리트만을 상대로 한 그런 따위의 글들이 얼마나 이 시대의 이 어려운 삶들에 있어 지나친 허영이고 사치였는가를 나는 누구보다도 뼈저리게 느끼고 있습니다. 만인의 위안이고 만인의 힘일 수 있는 문학이기 위해 전문용어와 난삽한 낱말의 사용에서부터 발상의 고급스러움까지 극복되어야 하겠습니다.

꿈

꿈이라도 꾸어야겠다.
그렁그렁 눈물이 고이고
가슴이 메어
팍팍한 오늘 같은 날
꿈에라도 가야 한다.
엄니 여윈 하일동 날품팔이의 맏딸
열일곱 경화가
집 비우고 교회당에 나갔다가 맞은 야단을 적어 보낸
편지를 읽으며
5년 전
밤마다 야학에 나와 배시시 웃으며 인사하던
그 빛바랜 얼굴에서 차마 읽지 못했던 그 숱한 야단들을
바라보러 가야 한다
아직도 따사한 힘이거나 부드러운 위로일 수 없는 나의 눈
대학 3학년에 5년씩이나 머물다가 교도소에 갇힌
반정부주의자, 양심범,
분열주의자, 자유의 투사
이 가시박힌 눈 오만한 기준을 버리지 못한 이 눈을 후
비고
꿈에라도
배워먹은 지식, 문학의 심오한 예술성을 훌훌 버리고
국문이나 빠듯 읽어내는 사람들의

가슴 뼈근한 즐거움일 수 있다면

꿈을 꾸어야지

귀, 코, 입, 온갖 육신의 병신, 머저리의 세계

광부, 농부, 공원 시다바리의 무리

죄수―사기 공갈 절도 강도 강간

오오 버림받은

온갖 어둠에 숨은 소리

그 찢어지는 가난을 위로하지 못하는 삶들이

감옥에 갇히는 나라

꿈에라도 가야지

흐르는 세월 튀튀한 검은 얼굴 속에서

번뜩이는 사람됨을 일켜 세우고

인생은 다투고 다시 다투는 것

사랑일 수만 있다면

힘일 수만 있다면

아아 역사의 밑바닥에 깔린

부르짖음 속살 터지는 아픔일 수 있다면.

미셸 콰스트의 『삶의 모든 것』(성바오로 출판사)이란 기도문집이 우연한 기회에 손에 들어왔습니다. 읽이보면서 잔잔하게 파도 치는 기도의 진실, 그 시적 감흥에 젖어보았습니다. 기회가 있으면 읽어보십시오. 조그마한 문고본입니다. 무엇인가 절망처럼 다가섰던 고뇌들을 풀어제칠 수 있는 '리듬'을 발견할 수 있을 것만 같은 예감이 듭니다. 사랑과 투쟁과 역사의식이 민중적 차원에서 아주 부드럽고 즐거운 양상으로 통일될 것 같은 예감, 이 예감이 성취된다면 나는 이제 제 3의 삶(장가드는 일)을 이루기 위해 일자리만 찾으면 만사 O.K입니다.

봄바람이 불어오고 교회의 종소리조차 훨씬 부드럽게 들려오고 있습니다. 개학 준비는 어떻게 되어가고 있으며 새학기의 수강과목은 무엇무엇인지요? 그리고 동생은 무슨 과(또는 계열)에 입학했는지요?
3월 1일도 곧 다가오고, 칠레의 시인 네루다의 시들이 생각을 키웁니다. 정의와 사랑과 정열에 살았던 네루다를 생각하며, 살아가야 하는 의무와 의욕을 가슴 가득히 느껴봅니다. 살아가고 싶다. 입 끝에 멈춘 사랑을 행동으로 옮기고 싶다는 열망이 푸르게 솟아오르기를 함께 기원합시다.

언제나 당신의 곁에서 푸르고 싶은 Your Worse K.

참고, 다시 기다리는 삶에
익숙해진 것은 우리가 반드시
이 봄에 만날 것을
믿기 때문이기도 합니다.

클로드 모네, 〈벨 일의 폭풍〉, 1886년

엊저녁엔
만기출소하여
그대를 만나는
꿈을
꾸었습니다

My Dear Better K.

참으로 오래간만에 보내준 길고 긴 글, 거듭 읽어보았습니다. 2월의 혼이 따사한 봄볕을 누비며 석별의 정을 나누는 말일입니다.

'잘하고 싶다' '잘해야 된다'로 이어지는 강박의식을 본인 사신이 "이게 바로 강박관념이란 거지" "이렇게 되면 될 일도 잘 안 되는 법이라지"라는 등으로 지나치게 의식하게 되면 그때서야 바로 '강박관념'이 되는 것이지 그거 잘해야겠다는 마음으로 초조해지는 정도는 누구나 겪는 평범한(정상적인) 마음가짐인 것 같습니다. 평범한 것을 자꾸 지나치게 강박관념으로 만들어가는 예는 우리 생활에서 많이 볼 수 있지마, 강박관념이란 생으로 만드는 데서 이뤄지는 것이지 그리 대단한 증상은 아닌 것입니다. 시험 때만 되면 오줌 싸는 녀석이 있었는데 그 녀석도 순전히 시험을 잘못 치를 수 있는 가능성에 대한 두려움보다는, 그 '두려움에 대한 두려움' 때문이었습니다. 섣부르게 안다는 것은 대개 이런 식으로 이중의 부담이 되는가 봅니다. 별거 아니니 신경쓰지 마십시오. 책이 안 읽히면 안 읽히라지, 설마 저도 체면이 있으면 읽힐 날이 있겠지.

제 글이 인기상승이라는 점, 그것 참 으시시한 얘깁니다. 그 이유를 나름대로 생각하자면 이렇습니다. 맨 처음 우리들이 편지를 주고받고 면회를 다니고 할 때에는 "처음에는 다 그런 것이지, 시간이 흐르면 식겠지" 정도로 생각들 하다가 기껏해야 "서로 좋아할 때는 저런 법이지. 서로 시들해지면 그치겠지" 정도로 보아왔겠죠. 그러던 것이 이제 그 숱한 세월을 펄쩍 뛰어넘고, 서로 그 강도와 질을 유지하며, 실제로 만날 날이 다가오니, "그것 참, 보통 이상인데"라는 약간의 놀라움과 기특함, 그리고 어쩌면 찬탄이나 약간의 질투 같은 것이 새로운 관심을 끌고 있겠지요. "자, 이제는 저 둘이 만나는게 틀림없다." 그러니 엄마로서의 관심(딸의 안위에 관한 가장 모성적인 보호의식) 오빠로서의 관심(동생의 위치에 대한……)이 그 점에서 약간 강도를 띠우는 것이 아닐까 합니다. 으스스한 얘깁니다. 누군가의 주목의 대상이 된다는 것은 팬시리 쑥스러워지고 조금쯤은 두려워지는(이것도 강박관념인 것은 아니겠지……) 면이 있지요.

제자 경화에게서 편지가 왔는데 바로 위의 언니가 오래도록 엄마 노릇을 하다가 작년에 돌아가셨는데 생전에 그 노고를 몰랐던 것이 이제사 가슴이 아프다며 이제는 용기를 잃지 않고 60이 넘으신 아버님을 모시고 굳게 살아가보겠다고 써 있군요. 아마 우리들이 그 애들을 대한 1년의 세월, 그 하찮은 나날들이 애정과 관심의 결핍 속에 살아온 그 애들에겐 자꾸 아름다운 추억, 잊혀지지 않는 시절로 기억되는가 봅니다. 부권이마저 하일동을 떠난 지금, 그들은 참 외로울 것입니다.
기억나십니까? 걔네들 졸업식날 시내버스를 타고(상덕, 나, 부권, 의단, 순혜) 가면서 정숙 씨에게 실없는 맥주 얘기로 자꾸 말을 걸고 싶어 떠들어대던 그날을. 그날 나는 웬지 졸업식장까지 함께 가고 싶었고, 무엇인가 다시 만날 실마리를 만들고 싶었고, 무엇인가 우리들의 그 야학에 대해 간접적인 이해를 얻고 싶었던 것입니다. 조금쯤은 엉큼스러웠지 않나 싶습니다.

등록금 얘기라든지, 기타 별로 즐거운 것이 없는 화제를 자꾸 들먹이는 이유는 한 가지뿐입니다. 배움에는 끝이 없다지만, 대학을 반드시 거쳐야 할 이유는 없다는 것. 최선을 다 하여 공부를 계속하되 대학 과정이란 것이 그렇게도 필수적인 자격일 수는 없다는 점. 대학 과정을 필수적인 자격으로 보는 것은 우리들이 배워온 (무비판적으로 그저 배워온) 거짓된 지식, 거짓된 상식 탓입니다. 최선을 다 하여 그 과정을 마치려 하는 자세와 더불어, 그 과정이 무슨 훈장이나 상품 또는 플러스 알파를 더해주는 것은 아니라는 기본적인 점을 잊지 말라는 것. 최선을 다 하는 일, 그것이 중요한 것이지 대학 자체가 중요하지는 않은 거지요. 소식 주시면, 그 소식에 따라 상의할 것은 함께 의견을 모아봅시다.

서울구치소 때, 창살에 드리운 마른 오동나무에 새순이 돋는 것을 보면서 봄의 도래를 음미하던 기억이 납니다. 건너 산 공주산성 주변이 조금씩 색깔이 변하는 듯 싶습니다.

엊저녁에는 만기출소하여 만나는 꿈을 꿨습니다. 어떤 때는 매일같이 만나는 꿈을 꿀 때가 있는데, 생활의 단조로움 속에 우리 둘이 닿는 그 끈이 가장 크기 때문인 듯 싶습니다. 참고, 다시 기다리는 삶에 익숙해진 탓입니다. 우리가 반드시 이 봄에 만날 것을 믿기 때문이기도 합니다. 지나치게 자기를 책하지 마시고 항시 넉넉한 마음으로 나를 바라보아주시길 빕니다. 부모, 형제와 친구, 제자와 더불어 모든 이웃 속에서 예수는 우리의 만남을 기다리고 있습니다. 3월 초에 다시 쓰겠습니다. 건강하십시오.

사랑 안에
사랑으로 죽어
그 사랑으로
다시
태어나……

그러면 우리들은 무엇을 할 것인가

흙을 뒤엎으면 이상 한파의 심장 속에서
스스로의 새싹을 키워온 꽃순들을 만나느니
우리들은 버리운 계절의 고동을 귀에 담으며
무엇을 할 것인가.
무엇을 할 것인가 사랑이여 너마저 잠재우는
시대의 곤고함과 자아의 무반성을
통째로 흔들어 깨우며
우리는 다시 죽어야 한다 봄에서야 눈을 뜨는
시시한 새싹들의 생명을 넘어선

영생을 얻기 위하여 우리는 사랑 속에서
사랑과 함께 죽어야 한다.
사랑 안에 사랑으로 죽어 사랑으로 다시
태어나 그 친런힘을 이 봄에 맞기 위해서라면
순간을 살찌우는 총명보다는
기어코 끝끝내 승리하고야마는 우직의 힘이
그렇다 다만 우직의 혼만이 우리와 함께 죽어
펑펑 쏟아지는 눈발 속에서
무성한 푸르름으로 우거지는
부활을!
쏟아지는 햇살이 아니라
어둠의 한가운데에서라면
마음놓고 웃고 마음놓고 피어날 수 있는
그런 사랑으로 태어나기 위하여
이 봄, 경박한 기쁨과 시시한 즐거움보다는
결연한 죽음,
불타는 사랑의 죽음으로 사랑이여
우리는 묻히자.

까치가, 교도소 앞마당
수양버드나무 맨 높은 곳에
우지끈 뚝딱 집을 짓고 있습니다

To My Better K.

까치가 집을 짓고 있습니다.
교도소 앞마당에 우뚝 서 있는 수양버드나무
맨 높은 곳에 우지끈 뚝딱 집을 짓습니다.
"높다란 철교 위로
호사한 열차가 지나가고
강물은 일고 일어
작은 나뭇배 흔들린다
아이야 불 밝혀라
건너 공장의 오솔길따라
우리 순이가 돌아온다"는 해일이, 성현이와
더불어 부르던 노래의 제3절을,

까치와 더불어 준비합니다.
요즘은 열왕기를 읽고 있습니다.
재미없는 편지지만 재미있게 읽어
주시길 바랍니다.

도도盜盜의 노래

序 성삼이

와서 보슈.
고운 마누라 사랑스런 자식 새끼 제격 떨쳐버리고
미운 놈만 모여 사는 마룻바닥에 둘러앉아
얘기 한 번 해 보슈
한 번만 길 트면 언제나 낯익어지는 이 어둠
찌그러진 놈, 왈왈거리는 녀석, 바글거리며 사는 게
징그러워 보일거요만
나도 사람이요.
나도 고운 마누라 사랑스런 자식 새끼 해해거리는
밝은 해 아래 살고 싶어 죽겠소.
한 번쯤 어둠의 얼굴을 마주하기 위하여
와서 얘기나 나눕시다.
곁눈질로만 보던 담 넘어 도도의 세계에도

해가 뜨고 웃음이 있고 설움도 곁들이고
제법 고뇌도 있소.
여보 양반님네
산다는 게 이리 더러울 수 없는 내 가슴에 맺힌
행복이란 별,
당신은 어떻소 밝은 세상에서 히히거리는
당신의 보금자리엔 행복만이 넘치는 것 같소 보오만
무엇인가 조금 비뚤어진 것 같은 느낌이 들진 않소?
다섯 살에 집을 잃고 소년원을 내집 삼다
이제 갓 교도소 큰 집에 입주하러온 내 이름은
성삼이요.
아저씨 아주머니,
빵기통 앞에 팍 찌그러진 절도범이란 말요.

몸건강, 마음건강, 기다림건강,…… 건강한 건 몽땅 정
숙 씨 가지세요. 곧 다시 소식 전하죠. 그럼 그때까지
안녕!

이기고 돌아가겠습니다.
내게 주어진 삶을 지배하며, 혁신하며,
언제나 용서하는
'당신의 반쪼가리'가 되어보이겠습니다.

장 밥티스트 카미유 코로, 〈나르니의 다리〉, 1826년

제4부

공주교도소,
봄에서 출감까지

사랑은 우리가 지상에 남길 유일한 발자취
삶은 언제나 구비쳐 휘도는 물길

귀스타브 칼리보트, 〈젠빌리에의 평야, 노란들판〉, 1884년

오늘 현재
98일
남았습니다

정숙 씨에게.

간밤에 꿈을 꾸었습니다.
그리고 오늘 엽서를 받았습니다.
만나는 꿈은 언제나 '극적인 만남'에 관한 것이었는데
어제 꿈은, 서로 잘살아가려는
공동의 노력에 관한 거였습니다.
꿈의 내용도 이제는 '만남'보다는
'만남 이후'에 대한 거여야 한다는 세월의 요구입니다.
오늘 현재 98일 남았습니다.
98일!
살아온 세월에 비하여 보잘것없는 나날입니다.
그러나 지난 세월에 어떤 뜻을 부여하느냐 하는

시험대에 서 있는 순간들입니다.
지금은 보다 풍요롭고 보다 폭넓으며
동시에 가장 가난하고 가장 깊기 위한
순백의 정열이 필요한 때입니다.

너도 날 보고 싶느냐는 질문, 나란히 앉아 있는 자리라
면 귀를 끌어댕겨 "그럼"이란 고음으로 놀래켜주고 싶
은 답입니다. 내용이 없는 엽서지만 그런대로 냄새를
전해주고 뜻을 전달해주는 묘미가 있습니다. 형식이나
내용에 구애받지 말고, 또한 의무감(실은 '사명감'이겠지
만)에 시달리지 마시고 자유스럽게 쓰세요. 노처녀와
노총각이 형식까지 차린다면 그야말로 노티가 나는 일
이지요. 겉모습, 겉스러움에 구애되지 않는 자유스러움
만이 우리를 영원히 젊도록 해줄 것입니다.

《독서생활》 4월호를(값이 싸니까: 300원) 사서 보십시오.
20세기 최대의 첼리스트 파블로 카살스의 약전이 나와
있는데 "살아 있다는 것만으로는 충분하지 않다. 인간
은 좋다고 생각히는 일에 몸을 던지고 최선을 다 하지
않으면 안 된다"라는 카살스 옹의 말은 감명 깊었습니
다. 또 이 《독서생활》에 실린 박경리 여사의 『토지』는
읽을수록 거인의 티가 돋보입니다. 역사와 인간에 대한
통찰력이 때로는 무서운 기세로 중압해올 때가 있거든
요. 『토지』 1부 2부 전 10권은 아마 성현이 보고 부탁하

면 빌려 읽을 수 있을 겁니다. 원체 규모가 큰 대하소설이라 아마 방학 때가 아니면 읽기 힘들지도 모르죠. 책을 보내주실 여유가 생기거든 소설이나 시집을 보내주시는 게 어떨까요. 부지런히 책을 읽고 계절의 푸르름을 보다 더 싱싱하게 맛보십시오. 만날 때까지.

사랑 안에서

Your Worse K.

궁합과 더불어
우리들의 사랑
영광 있으라
우리네 조그만 꿈이여
영광 있으라

To My Better K.

어제(18일) 희석이가 다녀갔습니다. 방위 근무가 격일제
가 아니고 매일 근무(그 대신 야간 근무는 없다 함)로 바뀌
었기 때문에 시간을 낼 수 없었다고 합니다. 그런데 이
거 '조금은' 큰일 났습니다. 우리 엄마가 정숙 씨 생년
월일 좀 알아 오랬다지 뭡니까. 원 세상에 궁합을 보려
는 꿍꿍이 속이 분명합니다. 우리 엄마께서는 '종합교'
의 열렬한 신자시거든요. 불교, 기독교, 천주교, 점장이,
미신…… 집안과 자식들에게 좋다는 것은 어느 것이든
마다하지 않으시는 한국의 전통적 '구복신앙'의 대표자

이십니다. 재난과 앙화가 유달리 많았던 민족과 집안에는 "재난을 멀리 해주시고 복을 내려주십사" 하는 이런 류의 신앙이 무척 성황이지요. 어머님은 지금 내가 겪고 있는 고난도 "앙화가 내 운명에 끼어 있기 때문"이라고 판단하시고 이 앙화를 멀리하기 위한 여러 가지 방책을 구하고 있음이 분명합니다. 다만 나의 성격이 팍팍하니까 은근슬쩍 물어오는 것뿐입니다. 엄마는, 나의 '돈과 권력'을 초개같이 보려는 사고의 가장 엄격한 비판자이시자(우리 아버님이 돈을 못 버신 관계로 엄마가 주로 가정의 경제적인 측면을 이끌어오셨기 때문이기도 합니다) 내 성격과 투지에 대한 열렬한 팬이기도 하십니다. 궁합의 결과야 어떻든 나의 생각과 결심을 따르지 않을 수 없음을 다 아시면서도 이것저것 아들의 장래가 마음에 안 놓여 손을 쓰시는 어머님의 모습을 상상하노라면, 나의 불효도 수준급이란 느낌이 지배적입니다. 아무튼, 어머님의 근심이여 영광 있으라. 그리고 궁합과 더불어 우리들의 사랑도 영광 있으라.

희석이가 4월 20일경에 휴가랍니다. 그때 서울 올라갈 예정이라는데, 그때쯤이면 상덕이도 출소하지 않나 싶습니다. 상덕이는 지금 목포교도소에 있다는데, 영등포와 서울 시절에 서로 몇마디씩 주고받고 얼굴을 마주볼 수 있는 기회를 여러 번 가졌었지요. 4월 하순이면 나갈 것으로 알고 있는데 한 번 할아버지나 친구들에게

물어보아주십시오. 상덕이를 출발로 서서히 꽃이 봉우리를 이루려 발돋움하는 겁니다. 이 세상이 그리 행복하거나 만족스럽지 못하더래도, 우선은 웃음을 나눌 수 있는 친구들이 있습니다. 이보다 더한 은총을 바라지는 않습니다. 이들과 더불어, 믿음과 사랑으로 이끌어져가는 공동체의 영역을 조금씩 넓혀갈 수 있다면. 영광 있으라. 우리네 조그만 꿈이여, 영광 있으라. 영광 있으라.

집에서 또 만기일(출소일)을 묻더랍니다. 이제 '때가 다 차'간다는 생각들인 모양입니다. 이 녀석이 나와서 무엇을 할 것인고, 라는 걱정과 더불어 갇힌 자의 풀림에서 오는 기쁨도 숨겨져 있는 이 '때의 참', 수월하게 잠들 수 없는 여러 가지 생각들이 출몰하기 시작합니다. 요즘은 Wright가 쓴 『God Who Acts』(『구약성서 신학입문』이란 제목으로 번역된 것)를 읽고 있습니다. K. 만하임의 『이데올로기와 유토피아』는 읽을 시간이 없어 미뤄두고 있습니다. 이번에 희석이가 『이성과 혁명』『The Outsider』를 넣어주고 갔습니다. 딱딱한 책들이라서 잘 읽혀질지 의문입니다. 나내로의 연구와 결심이 조금씩 자리잡아가긴 합니다만, 막막하다는 것이 가장 적절한 표현입니다. 먹고사는 일의 상한과 하한의 설정부터가 애매한 것이기에 더욱 그렇습니다. 뜻 있게 산다는 일의 의미 한계가 모호한 것이기에 더욱 그렇습니다. 분명한 것은, 시시하고 비굴한 방법으로 굴복하지 않으리라는 결심뿐입니다. 대결과 싸움을 통하지 않고, 땀과 고뇌를 통하지 않은 화해는 언제나 '굴복'으로 판명됩니다. '삶'과의 '화해'는 용솟음치는 투지와 노동의 귀한 땀과 더불어 '가장 사람다운 생활'로 접근해 갈 것입니다.

내가 가장 즐거운 뉴스, 가장 반가운 글씨를 대하고 있을 때, (이것은 정말 우연입니다만) 한 방에서 기거하는 친구가 (그의 전직은 픽포켓입니다) 오랫동안 힘이 돼줬던 동거여인으로부터 서글픈 뉴스를 받고 괴로워하는 것을 보아야 한다는 것은, 인생의 일이면서도 이 고쳐져야 할 인생의 한 면, 인간 모두가 기쁨을 나누고 슬픔을 나누어 가져야 하는 어떤 면을 가슴 저리도록 깨닫게 해줍니다. 웃음의 밑바닥, 즐거움의 밑바닥, 봄의 밑바닥,…… 모든 밑바닥을 투시하고 그 어둠, 그 슬픔, 그 겨울을 나누어 가지는, 나누어 격려하는, 나누어 위로하는 우리들의 세계이기를 우리는 얼마나 기도하여왔던가!

힘을 내어 마지막 90일을 멋지고 힘차게 헤쳐 나갑시다. 정숙 씨 가정의 어른들께와 형제들, 그리고 주위의 친구들, 모든 이들에게도 봄의 영광 빛의 영광 초록의 영광이 그득하시길 빌면서 여기서 물러갈까 합니다.

모든 밑바닥을 투시하고
그 어둠, 그 슬픔,
그 겨울을 나누어 가지는,
나누어 격려하는,
나누어 위로하는
우리들의 세계이기를
우리는 얼마나
기도하여왔던가!

모리스 위트릴로, 〈몽마르트〉, 1910년

너무도 찬란한 봄빛이
온
사방을 적십니다

도도의 노래

빈대頌

빈대여, 이름만 불러도 부르르 떨리는
피들의 아우성을 들으며 처절했던
간밤의 전투를 기억한다.
15칙 담 안에 수면의 노도를 선포하는
취침나팔이 울려 퍼지면
벽에서 천정에서 마루바닥에서
구멍이란 구멍은 죄 뚫고서
틈이란 틈은 모두 제치고
너희들은 각개전투를 시작한다.

잠든 적, 코고는 적, 잠못 이뤄
비실거리는 적, 그 어느 적이든 가리랴.
하루 낮 종일토록 비우고 비운 빈 배에
그득그득 채우고서 너희는 적에게
가려움증만 남기고 구멍과 구멍
틈과 틈으로 사라져간다. 너무도
일방적인 전투라서 개선나팔 소리조차
침묵하는 밤, 너희는 새벽녘
이슬이 내릴 때 사라져가는 거다.
그러나 빈대여, 그내들의 배 안에서
가쁜 숨을 몰아쉬는 검붉은 피들의 소리
그 아우성을 너희는 듣는가.
농부들의 피땀을 먹고 자라 열매로 큰
우리들의 콩, 보리, 쌀이
팔자에 액이 끼어 교도소 취사장에서
콩밥으로 익히운 뒤 전생의 업이런가
1, 2, 3, 4 쇠로 만든 숫자로 찍힌 뒤
이름 없는 뭇도둑들의 배 안에 들어가
죄 많은 생명에 사랑의 피로 흐를 때
너희는 왔다. 그리고 빨았다. 그리고 갔다.
그러나 우리들 죄수는 말한다.
행복과 행복, 웃음과 웃음, 빛과 빛으로
기름진 고층빌딩 호화주택에는 가지 못하고
6·25 직후에 지은 목조 가假건물의

교도소 감방에서나 살아야 하는 너,
비계와 비계, 기름과 기름, 뚜룩진
배따지에는 파고들지 못하고
꽁보리 콩밥에 허기진 우리네 뱃가죽이나 뒤지는
너, 너의 침입과 너의 약탈을
단지 몇 번의 손톱으로 긁는 응급치료만으로
용서한다. 너와 나는 형제기에,
너와 나는 한뿌리기에, 너와 나는
한 울음이기에

오늘은 머리를 길러도 좋다는 '삭발면제증'을 받는 날
입니다. 보내주신 글은 잘 읽었습니다. 부드러워진 것
은 나뿐이 아니고 그 글을 읽는 정숙 씨의 마음일 수도
있습니다. 음울하게 갇혀 지내기엔 너무도 찬란한 봄빛
이 사방을 적십니다. 도도의 노래는, 열 편 정도 썼습니
다. 내용이 너무 기괴한 것이라서⋯⋯.

병태, 병도 형께 지는 신세, 아마 갚을 날이 없겠지요,
다만 열심히 읽고 열심히 쓰고 열심히 살아가는 것 외
엔, 보답이란 원래 있을 수 없는 거겠죠. 비가 내리네요.
비가, 생명의 비가!

건강하시고 바쁘신 가운데 언제나 느긋하시고 이 봄,

떨리는 두려움, 두근거리는 기다림으로 만남을 준비합
시다. 사랑하는 이여, 오늘은 여기서 안녕!

사랑은,
모든 날들을 뚫고 흐르는 정신입니다.
함께 있지 못하는 미안함이
빗살이 되어
적셔옵니다

도도의 노래

지난 이야기

굴리는 건 통박*뿐이요
대굴대굴 잘 굴러줘야 험난한 징역살이
그런대로 편안할 수가 있기에 말이요.
그런데, 그런데 돈 주고도 살 수 없는 게 있소.

---

* 머리를 잘 써 계산하는 것, 즉 이해타산을 따지는 것.

공갈, 골통,* 통박으로도,

아니 사이끼리가 덧붙여진대도 살 수

없는 것, 부모형제란 괴물말요.

그게 없으니 면회가 없고 면회가 없으니

영치금이 없고 영치금이 없으니

꽉 찌그러져 몸으로 때우는** 수밖에

없소. 타고난 주먹, 배워먹은 골통

으로나 한몫 보는 수밖에 없단 얘기요.

고아원에서 소년원, 소년원에서

재건대, 재건대에서 교도소,

기름진 분들은 소리만 듣고도 기절하시겠지만

남처럼 해죽거리며 살아보려 애쓸수록

법무부 예산으로 밥빌어먹는 길 외엔

와주지 않았던 거요. 그러다가 어느 해

겨울 꼬드겨 함께 자기 시작한 계집이

수돌어멈 명자라요.

피차 열아홉 알몸

끼리 명자는 어디어디 나가고 난 밤티*** 다니며

그럭저럭 1년은 살았소. 징역살이 숱하게

했지만 난생처음 마누라 덕에 면회 한 번

---

*　떼를 쓰고 폭력적 방법으로 자기 뜻을 관철시키는 것.

**　'몸으로 때운다'는 것은 돈 없는 죄수가 변소, 방 안 청소 및 정돈, 빨래
　　를 도맡아하는 것을 말함.

***　밤에 도둑질하는 것.

푸지게 해봤소. 꼬깃꼬깃한 돈푼으로 사 넣는
접견물로 머리털 나고 처음으로
방식구들에게 생색을 낼 수도 있었소.
수돌이가 태어난 건 1심재판이 끝날 무렵이었소.
보고 싶어 죽겠소. 이제 나도
애비가 됐단 말요. 애비!

4월이 옵니다. 5일은 식목일이요. 우리들의 사랑이 심
어진 지 3년을 맞는 날입니다. 8일은 예수의 수난일이
요 김상진 열사의 죽음 3년째 되는 날입니다. 10일은
부활절이고 19일은 4·19, 26일은 교수단 데모일……
이 모든 날들을 뚫고 흐르는 정신은 사랑입니다. 뜻은
약간씩 다르다고 하더라도 인간과 역사에 대한 사랑이
야말로 4월이 뜻하는 진달래 그 붉은 개화를 상징하는
가장 중심된 사상입니다. 엊저녁은 우리가 처음으로 사
랑을 얘기하던 날과 김상진 형의 죽음을 이모저모로 생
각해보면서 한없는 감정과 감동의 전율 속에 안으로 안
으로 눈물을 거듭했습니다.
비가 내리는 토요일입니다. 사랑과 희생의 4월을 기리
는, 그리고 옥살이를 매듭짓는 나 나름대로의 정리를
하고 싶습니다. 함께 있지 못하고 이렇게 떨어져 저 혼
자만의 꿍꿍이 속을 키우고 있는 미안함이 빗살이 되어
적셔옵니다.

빗살처럼. 빗살······.

아르바이트와 바쁜 시간에서라도 항시 여유를 찾을 수 있기를 빌면서 오늘은 여기서 그치렵니다. 언제나 당신의 곁에 있었고, 있고, 있을 당신의 Worse K.

손목을 잡아주고
우산을 받쳐주는
사랑

"세상이 우리를 수치로 덮고 죄를 지고 가는 어린양처
럼 성문 밖으로 내쫓는 것이다." —디트리히 본회퍼

저는 다른 사람들과 같이 어려서부터 인간의 사랑을 죽
도록 갈망했습니다.

사랑,
목이 마를 때 냉수 한 그릇의 사랑,
눈보라 치는 날에 화롯불 같은 훈훈한 사랑,
어머님이 자식에게 떠주는 숭늉 한 그릇의 사랑,
길 잃어 헤맬 때 밝히 이끌어주는 관심 어린 사랑,
눈비를 맞고 거리를 헤맬 때 따뜻이 손목을 잡아주고
우산을 받쳐주는 그러한 사랑,

저는 이러한 사랑을 죽도록 그리워했습니다. 사람들로 부터 사랑을 받을 수만 있다면 저의 두 눈을 뽑아간대 도 좋았습니다. 두 다리를 잘라주고라도 사랑받기를 더 원했습니다. 어차피 인간은 홀로 살 수 없기에 저는 사 랑이 있는 사람들 틈에 들어가 사랑받으며 저의 속에 꽁꽁 응어리져 있는 사랑의 보따리를 풀어놓으려 했지 만 사람들은 저의 눈치를 채지 못했습니다. 저는 이 사 회 이곳저곳을 기웃거리며 정의와 진실과 사랑이 있나 하고 살펴보았지만 이 사회 그 어디에도 정의와 진실과 사랑은 없었고 불신과 거짓과 증오뿐이었습니다. 저는 사랑이 없는 이 사회에서 미련스럽게도 목이 터져라 사 랑을 부르기도 했고 저의 몸이 갈기갈기 찢어지도록 사 랑을 찾아 헤매기도 했고 두 팔을 벌려 아무리 헤매봐 도 이 사회 그 어디에도 내 몫의 사랑은 없었습니다.

위의 글은 나와 같은 감방에 있는 한 전쟁고아의 자전 적 수기에 나오는 한 구절입니다. 나이는 나와 비슷하 고 건강상태는 별로 좋질 않습니다. 그는 '사랑을 찾기 만 하지 작은 사랑이라도 나눠주고자 하는 사랑의 정신 이 부족한 사람'이지만, 그가 걸어온 생의 고비들은 우 리 모두의 가슴을 저며옵니다. 고독! 노총각 노처녀로 성장하면서 '이제껏 밝은 해 아래 포옹 한 번 할 수 없 었던 26년 혹은 30년의 고독'이 우리의 것이라면 그의 고독은 '여자에게 말 한 번 떳떳하게 걸 수 없었던 절대한 고독'입니다. '우리들의 고독'과 '그의 고독'은 같은 분량과 질의 애정만이 치유할 수 있는 우리 모두의 짐이요 소명입니다. 시시한 생각이 아니라 몸채로 밀어나가는 용기와 사랑만이 오늘의 우리에겐 아쉽고 또 아쉽습니다.

도도의 노래

강아지타령: 속살거리는 똥개의 노래

손님,
잠이 오시나요
잠들기 전에 한 대 하시죠.
한 개피에 250원 하는 파고다를 피우던
'학교'*의 빵끼통을 기억하시나요
담 밖의 농장**에 나가 일하노라면
먼저 니긴 옛친구가 묻어둔
강아지 몇보루쯤 캐는 수가 더러 있었죠.
비닐봉지로 멋지게 싸고 또 싼 뒤

---

* '교도소'의 은어.
** 농사를 짓는 곳인데 죄수들이 경작함.

똥이나 싸지르는 똥구멍에 쑤셔넣으면
검신, 수색 모두 무사 통과하여
한 개피에 250원을 호가하고
운반한 그 녀석은 똥구멍값으로
한 갑에 두세 가치씩 얻어서 호구하는 거였죠.
검정옷의 교도관 나리들이 약고 닳은 도둑을
앞세워 싱싱한 강아지를 파는 수도
있지만 서정쇄신 호령 속에 자취를
감추고 도둑놈은 그저 똥개나 즐기는 거죠.
칫솔대에 박아넣은 나이타돌을
유리조각으로 문질러 솜에 불을 댕기는
탁불*로 붙인 똥개의 맛은
빵끼통에 그득찬 가스냄새로나
가름하는 거였죠. 손님,
에그머니나
벌써 잠이 드셨군.

---

* 라이터돌을 유리토 문질러 켜는 불.

내 일찍이 이름 없는 똥개의 집안에 태어나
거리의 똥을 핥아 먹길 즐겨했더니
이도 하나의 운명이던가
어느 시골 논바닥에서 몰매맞아 죽은 뒤
장작불에 몸을 끄실려 초여름 개장국이 되었더니
부처님의 호의로 환생하여 눈을 떠본즉,
교도소 빵끼통에 버리울 끝불(=송장)*이 되어
찌그러진 도둑놈의 손가락 사이를 태우게 되었다니
강아지여, 철창 안의 담배 쪼가리여
족보 없는 수인의 머리를 핑핑 돌려 홍콩 구경**시켜주는
개새끼***의 충정을 검정 옷의 교도관들은 때려 묶어
포승에 은팔찌**** 채워 먹방(黑房),*****
곰팡내 거미줄 퀴퀴한 어둠, 사방이 가리운
햇빛 한 톨 인색한 그 어둠의 혼 속에 가두어
두더라도
똥개의 팔자에 절망은 없는기라.

---

*   담배를 다 피운 마지막 부분.
**   담배를 빨아들이기만 하고 뱉질 않으니까 머리가 핑핑 도는데 이것을 '홍콩 간다'고 말함.
***   개새끼, 똥개, 강아지……는 모두 담배의 은어.
**** 수갑의 은어.
***** 햇빛이 안 들어오도록 이중으로 막아놓은 징벌방을 말함. 피우다 들키면 이곳으로 잡혀들어감.

절망은 없는기라 시간과 시간의 긴 공백을
그 누구 그 어느 말씀도 채우지 못하는 텅빈 광야에
빨아대는 송장잼이의 절정, 그 앗찔한
충만을 당할 자는 없는기라.
기나긴 고독의 간이역을
맞서 이길 자는 도무지 없는기라.

삶이 아무리 치열하고 값진 것이라 하더라도 우리가 이 삶의 본질을 꿰뚫어보고 뚜렷한 전망을 세울 수 있다는 것은 참으로 어려운 작업인 것 같습니다. 결혼이란 것도, 일단 그 싱싱한 뜻이 일상의 습관으로 굳어버린 뒤에는 '사랑'의 동력과 '습관'의 정지력이 끊임없이 갈등하며 참다운 삶을 어렵게 할 것입니다. 이러한 상식적인 안목에서 우리는 끊임없는 '자기로부터의 탈피'만이 우리를 영원히 젊고 싱싱하게 할 것이라는 '믿음'을 견지해야겠습니다. 선의가 모여도 그 집합체가 반드시 선하다고는 볼 수 없다는 것이 '집단'이 가지는 괴로운 모습이기 때문입니다. 다른 관점, 다른 시야에서 자기를 검토해보는 자세가 이룩되기까지 우리는 단지 싸우며 갈등하며 땀을 흘려야 하는 것입니다.

(이 편지를 다 쓰고나서 28일에 쓴 글을 받았습니다.) 3월이 갑니다. 4월이 옵니다.(4월 9일이 본회퍼의 순교일이라 하더군요)《새생명》4월호에 실린 수유리 4·19묘지의 사진을

바라보며 복잡한 생각에 젖어보았습니다. 생명이 다 하도록 우린, 죽은 이들의 영전에 푸른 나무들을 심고, 그들을 기리는 글을 읽고, 밝은 빛을 온몸에 받으며, 그 나무가 사랑의 감동으로 크길 빌어야 하는 건지도 모릅니다. 스스로 죽지 못하는 존재로서의 우리기에 그 기도는 더욱 진지하고 그 감동은 더욱 목메이는 것일지도 모르겠습니다.

밝은 빛 아래 알몸의 사랑이 부끄러움이 아니라 작은 즐거움이길 우린 삶으로 기도드립시다. 온 삶으로.

달래며 가리라,
아무렇게나 문질러버린
칙칙한 눈물의 자국을 비비며
문을 열고 가리라,
사랑하는 사람이여.

카미유 피사로, 〈숲〉, 1870년

사랑이 아니라면
신은 말하지 않습니다.
나 또한 헌신이 아닌 직업이라면
가지지 않을 것입니다

To My Better K.

비온 뒤의 주변은 온통 싱그러운 빛, 4월 3일에 보낸 엽
서(편지) 잘 받았습니다. 병태의 기인 글, 제자의 글……
을 또 받았지요. 병태의 기인 글은, 충분히 이해할 수
있었지만 너무 칙칙한 우울이 아닌가 하는 생각을 떨칠
수가 없었습니다. 나의 군대 제대 한 달 전쯤은 더 막막
하고 더 칙칙하고 더 치졸한 세월이었지만 어쩐지 지금
은 정리하고 준비하고 계획한다는 말이 쑥스럽고 어울
려 보이질 않습니다. 2년의 징역살이가, 3년의 군대생
활이 뭐 그리 대단한 삶이없다고 새삼스럽게 들추고
자 하는지 나는 불만입니다. 언제나 우리에겐 살아
가고 있는 생활이 있을 뿐입니다. 우리들의 2년, 3년을

분석하고 따지는 것은 후대의 사람들이 할 일이겠지요. 고뇌의 내용, 삶의 의미에 지나치게 매달릴 필요는 없다고 봅니다. 독서나 명상에 의해 얻어지는 '참'에 체험만을 통해 이르는 사람들이 있다는 발견은 참으로 귀한 눈뜸입니다. 온통 타협의 연속으로 이뤄지는 시간 속에서 감히 죽음의 얼굴과 대면하려는 치열한 도전과 도전 사이의 시간(죽음과 죽음 사이의 시간)은 맑고 평화로운 것입니다.

이제 어느 삶의 현장에 서더라도 나는 희망을 가질 수 있을 것 같습니다. 땀을 흘릴 정신과 육신이 한 가지로 주어져 있는 지금, 나는 망설이거나 주저할 삶이 내게 주어져 있다고는 생각하지 않습니다. 정신의 위대함은, 내가 찾는 것이 아니라 남에 의해 찾아지는 것일 겁니다. 천박한 낙관주의와 독선적 몽매주의를 누구보다도 경계하면서 나는 구체적 삶만이 진실을 말해준다는 병태의 말을 우리 모두의 것으로 받아들입니다. '사랑'이 아닌 신은 말하지 않습니다. 민중의 삶을 제시하지 않는 글을 쓰지 않으렵니다. 헌신이 아닌 직업은 가지지 않을 것입니다.

언젠가 직업에 관해서 얘기했던 적이 있지요. 지나친 독선이 기억됩니다. 입맛에 맞도록만 살려는 '퓨리탄적 사고'의 편협함이 기억납니다. 이제는 그 생각들을 청산할 단계입니다. 우리들의 그 하찮은 '선별'들이 이제 극복되어져야 할 것으로 보입니다. '고르고, 고르고, 고르면서' 우리는 얼마나 많은 삶들을 어둠 속에 내던져 버렸는지 모릅니다. 친구를 사귀어도 내 생각 내 생활 내 입맛에 맞도록만 사귀는 '선별' 과정에서 우리가 잃어버린 것들을 이젠 심각하게 검토해야겠습니다. 예수는 죄인과 세리와 어린이를 '제외대상'에서 해제하여 친구로 사귀었습니다. 안식일도 경건도 율법도 모두 평상화시켰습니다. 우린 건방지게도 예수의 삶을 본받아 죄인과 가난한 자들을 위해 산다고 떠들면서도 얼마나 많은 '입맛에 맞지 않는 사람들'을 소외시켜왔는지 모릅니다. 사랑하는 님의 얼굴에서 그 소외된 사람들의 모습마저 볼 수 있는 눈이 우리에겐 필요합니다. 멀리하고, 증오하고, 싫어하는 사람들의 얼굴과 님의 얼굴이 오버랩되는 순간 속에서 사랑의 참모습을 볼 수 있기를 나는 나의 편협함과 건방진 선별의식에 기대합니다. 싱그러운 봄빛은 어둠에 가리운 모든 것들을 새로운 환희와 새로운 찬탄으로 바라보게 합니다. '선별'과 '구조적 모순'에 대한 철저한 인식이 가져오는 이 '비선별적 삶'에의 희망은 하나되고 자유롭게 하는 그리스도의 삶에의 일치일 수도 있을 것입니다.

『문학으로서의 성서』, 『한용운 평전』, 《창작과 비평》은 잘 받았습니다. 어제는 가톨릭 출판사에서 나온 『기도의 체험』이라는 책을 읽었는데 참 좋았습니다. 다만 기도는 삶의 긴장과 신과의 극도의 불안, 갈등 속에서 가장 적극적으로 받아들일 수 있다는 점을 너무 경시하고 '침묵의 기도'에 중점을 둔 점은 불만이었습니다.

엽서 100통이면 100통이었지 새벽 2시 반에 야호!가 뭡니까. 여자가. 그것도 노처녀가. 그리고 으르렁거린다는 녀석들에게 양해를 구합니다. 편지의 일관성을 유지하기 위해 정숙 씨를 통해 답장을 하는 불편함은 어쩔 수 없는 것이 아니겠느냐는 겁니다. 그리고 메이데이 파트너 문제는, 둘 다 빵점입니다. '축제'란 것은 대부분의 경우 억압되고 찌들린 삶을 웃음으로 승화시키는 하나의 '놀이'입니다. 하비 콕스의 『바보제』란 책을 한 번 읽어본 뒤 파트너를 정해보십시오. 젠장, 내가 이런 충고까지 해야 된다니 징역살이 참 고달프구나 고달퍼.

그리고 민속관계 서적을 성현이놈 만나게 되거든 얘기해보십시오. 그놈이 그 관계 전공인데, 좋은 책 많이 가지고 있지요. 바쁜 중에서도 야호 소리쯤은 항시 지를 수 있는 마음이길 기원하며 오늘은 여기서 줄이렵니다.
4월은 너무도 엄청난 달입니다. 그리고 어제 그제 식목일은 '축 식목일'이었습니다. 혼자서 자축하자니 기분 사나웠지만, 비가 내렸어요, 6일엔. 버러지깨나 끼고 물깨나 가물었지만, 이 봄으로 이젠 꽃피울 나이가 됐어요.

면회를 끝내고 문까지 걸어가는
그대의
뒷모습을, 먼 발치에서 바라보곤
했지요

To My Better K.

교도소 안마당의 수양버들의 이파리들이 팍팍 터져 제
법 흐드러지게 푸르러 있습니다. 『한용운 평전』을 다
읽었습니다. 고은이라는 저자의 해박한 불교지식(고은
은 일찍이 효봉 스님의 사랑받는 스님이었습니다) 외에는 쓸
쓸한 맛이 남을 따름입니다. 극도의 아포리즘만이 무성
한 한자漢子의 숲속에서 반짝거리고 있을 뿐, 시대정신
의 파악과 거인의 모습을 이 시대, 이 사회의 현실에 다
시 세우는 애정어린 접근이 결여된 글은 글재주의 나열
(그것도 제한된 계층에게만 읽히려는)일 따름입니다. 「님의
침묵」 이외의 자료들에 조준한 점은 나름대로 가치가

인정되나 적어도 「님의 침묵」을 평가절하하는 문맥에서라면 그것들은 자료의 제시 이외의 뜻을 살려낼 수 없는 것입니다. 영등포구치소 때 읽은 「님의 침묵」은 고은의 평가절하에도 불구하고 압도적인 것이었습니다. 어려운 시대, 어려운 시간에서일수록 더욱 아름다운 감동으로 찾아드는 그의 시들은 작자 한용운이 위대한 사상가요 독립투사였다는 사실의 배경 없이도 그 자체로서 위대한 것입니다. 그의 냉냉했다는 실제 생활은 가없는 사랑, 가없는 님의 노래를 낳는 기나긴 절제의 표시인지도 모릅니다.

상진 형*이 가신 지도 이제 2년, 때로는 처절한 기운이 용솟음쳐 이 4월의 무거운 뜻들을 마주서게 합니다. 이 4월에라면 나는 남몰래 눈물을 흘릴 수도 있습니다. 이 4월에라면 나는 나의 온 삶이 철저한 자기반성에 입각해야 됨을 맹세해도 좋겠습니다. 이 4월에라면 그대의 면전에서 사뭇 사랑을 고백해도 여유가 남을 것만 같습니다.

4월 1일부로 행장급이 3급에서 2급으로 승급됐습니다. 이것은 한 달에 면회를 4번이나 할 수 있다는 것을 뜻하며 동시에 편지를 4회 할 수 있으며 동시에 월급이

---

* 유신체제에 항거해 자결한 서울대생.

몇 푼 더 오른다는 것을 말합니다. 금년 들어 월급이 대폭(?) 인상되어 아마 출소때까지라면 5,000원이 넘는 거금이 축적될 것입니다. 이 돈이면 반평생은 족히 즐거워할 수 있는 기념을 만들 수도 있을 것입니다. 면회 때면, 2급이 됐다는 사실을 좀 핏대 섞인 목소리로 강조해둘 필요가 있습니다. 언젠가 병태, 병도 형이랑 모두 집구경만 하고 갔던 쓰라림이 지금도 가슴 한구석에 맺혀 있습니다. 정숙 씨가 바람맞고 가던 그날이 여기서는 가장 핏대 오르는 날이었습니다. 이제는 굽신거리지 않고도, 핏대를 우리 편에서 올릴 수 있게 되었습니다. 열 달 동안 빌빌거리며 출역한 결과(출역에 대한 얘기는 나중에 자세히 하지요)로 얻어진 2급이 훈장은 아니지만 핏대의 상징으로 굳어 있을 필요를 상대적으로 줄여주는 역할을 할겁니다.

복사꽃 진달래가 건너 산에 피어 있음이 보이고 정숙 씨 모습에도 봄의 꽃내음이 가득한 것 같았습니다. 나의 출소일에 시험 때문에 공주에 못 올 것 같다는 얘길, 나는 나중에서야 그 말뜻을 알아들었습니다. 글쎄, 꼭 날짜가 겹칠지는 두고 보아야겠지요. 겹치게 되면 서울서 만나도 되는 것이고 그리고 면회나 편지는, 하지 말라는 얘기가 아니라 바쁜데 일부러(억지로라는 말이 정확하겠습니다) 오실 필요는 없지 않느냐는 얘깁니다. 아마 정숙 씨는 잘 모르겠지만, 난, 항시 면회를 끝내고 문까지 걸어가는 뒷모습을 먼 발치에서 바라보는 '뒷맛'(면회의 뒷맛)을 즐겨왔습니다. 조금은 빠른 걸음으로 뒤를 쳐다보지 않고 총총히 걸어가선 문 사이로 사라지는 모습은, 외워버릴 정도입니다.

이 4월에 나는 나의 님을 나의 님으로서 기릴 수 있는 정신적인 폭넓음을 체득하고 싶습니다. 인생잡사의 어두운 면을 받으면서 살아온 우리들의 두 해가 고난과 어둠의 뜻, '없음'의 고뇌, 살아간다는 것의 뜻을 깨닫게 해준 것이라면, 나머지의 삶은 이 '뜻들'이 구체적으로 우리들의 삶에 각인되는 것이라야 될 것입니다. 담담한 심정으로 '징역살이 중 최대의 행복'을 구가하는 하루하루를 나의 교만과 나의 좁음으로 인해 구기지 않도록 최선을 다 해야 되겠습니다. 가능한 한 편지 종종 (자주가 아니라 종종) 주시고 바쁜 중에도 여유가 감돌기를 기원합니다.

4월 12일 오후의 날씨가 쾌청하여 돌아가시는 길 차창에 비치는 자연의 푸르름이 한결 돋보였을 것이라 생각하며 만남의 뒤에 남는 아쉬움을 달래고 있습니다. 건강하십시오. 그리고 언제나와 같이 느긋하십시오. 또 글 쓰겠습니다.

빠른 걸음으로 뒤를 돌아보지 않고
총총히 문 사이로 사라지는 모습은,
외워버릴 정도입니다.

클로드 모네, 〈오두막〉, 1882년

그대 곁에 서면!

To My Better K.

병태가 보내준 교지《청량원》과 소설『최후의 증인』을 읽었소.《청량원》에 실린 글들은, 어두운 캠퍼스에 번지고 있는 자기보존의 몸부림 같은 것이 있었소. 논문을 쓰기 위해 읽은 참고도서의 목록을 훑어보니 그들의 '깨어 있으려는 음울한 노력'이 가슴 아리게 전해왔소. 소설은 실패작이었소. 역사와 삶을 보는 따뜻한 눈초리에도 불구하고 그건 분명한 실패였소. 주인공 오병호의 의식 자체가 그 때문에 원인이었소. 그가 바라보는 시짐은 '~을 위하여'를 벗어나지 못했기에 어쩔 수 없이 좌절한 것이오. 황바우로 대표되는 역사와 인간의 교활함의 제물들과 자기자신을 '함께 사는 자'로서 일치시키지 못하고 항시 일정한 거리를 유지하며 동정과 자기고뇌의 투사대상으로 보는 오병호는 속물일 수밖에 없소. 그 따위 사고와 행동으로 고쳐질 악이나 역사는 없소.

사람이 사는 사회와 역사는 보다 더 냉정하고 철저한 것이지요. 두 달이나 세 달 만에 낯익은 모습을 보여주는 당신의 모습과 생활을 이리저리 생각하며 지내는 다음 만날 때까지의 막간은 상당히 세련된 즐거움을 가져다줍니다. 사뭇 거칠고 어두운 길(상대적인 것이지만) 쪽만을 달려온 나의 지난 삶(기쁘거나 슬플 때는 으레 군대 시절을 기억하게 됩니다)의 어둠에 비한다면 오늘의 나는 분명히 빛을 받으며 앞으로 나아가고 있는 겁니다. 외계의 사물들을 확고한 눈초리로 새롭게 바라볼 수 있다는 것은 확실히 즐거운 일에 속합니다. 봉산탈춤이나 굿놀이 농악대의 신들린 두들김이 가슴을 두드리고 있습니다.

머리가 무척 짧아보입데. 유행인지, 내 머릴 닮으려는 건지, 아니면 머리를 잘라서 경제에 보탰는지 그 이유는 알 수 없어도 짧은 머리를 보니 무언가 기분이 뭉클하데. 머리를 자를까 기를까 그냥 놔둘까 꼬시랑거리며, 보아줄 사내녀석의 눈초리도 없이 혼자서 기르고 짜르고 어쩌고 하여온 지난 세월, 흰색 칼라에 받쳐진 단발은 그런 거데. 그런 거데. 담 넘어 담, 내가 새라면 하루에도 몇 번씩은 넘어다닐 가정법의 세계, 이 세계의 일상은 제법 거치른 거데. 하 놀라워, 끔찍한 일도 그 겪는 회수가 늘면 일상의 것이 되어버리듯, 이곳의 삶, 이곳의 환경, 이곳의 사계절은 이제 일상의 거치름에 젖어버리고 난 다른 나라의 사람마냥 뻗시디 뻗신 가시가 되었네. 머리가 길고, 허리띠가 채워지고, 수의를 벗는 그날이 오면 오늘의 일상은 평온을 잃고 지나간 '고난'으로 남겠지. 부드러운 꿈, 부들부들한 살이 영혼을 담고 그대 곁에 서면 새로운 일상이 시작되겠네. 새로운 놀라움 새로운 긴장들이 다시 일상의 것이 되겠네. 지난날의 가시에 찔리지 않기 위해 우린 지나간 고독의 늪을 언제나 밑바탕에 깔아야 하리.

건강과 바쁨이 서로를 미워하지 않고 사이좋게 지내기를 빌면서 오늘은 여기서 줄입니다.

당신의 못난
채광석
쓰다

To My Better K.

다시 바람이 드세오. 찬바람이 일어 봄옷을 초라하게
하고 내일이면 맞을 4월 19일을 춥게 하오. 먹을 것을
못 넣고 가는 심사, 그리 기분 좋았을리야 없지만 너무
꼬시랑거리며 생각할 필요는 없지 않았나 싶습니다. 기
억하자면, 영등포 시절의 독방생활은 신혼생활에 비길
만한 세월(한쪽은 일방적으로 받기만 하고 한쪽은 일방적으로
넣어주기만 했었지만)이었지요. 정숙 씨에겐 미안한 얘기
지만, 그때의 난 행복에 겨워 항시 코를 벌룸거리며 살
았었지요. 요즘도 어느 정도 그때의 팽팽하던 즐거움을
되찾고 있지만, 신선감에 있어선 못 미치는 것 같습니
다. 가장 음울했던 시기는 서울구치소 때였고 지난가을
과 겨울의 몇 달이 또 그러했습니다. 해일이와 성현이

를 내보내고 난 뒤에는 여간 쓸쓸한 게 아니었지요.

작시를 중단한 지 꽤 오래됩니다. 쉽게 쓴다는 것과 민중의 삶의 제시라는 두 가지 전제가 가장 손쉽게 민중의 가슴속에 전달되어지려면 어떤 스타일이 가장 적합할 것인가?라는 궁리가 제자리를 맴돌기 때문입니다. 어느 누구는 판소리의 형식과 가락, 그리고 우리말 성경의 구조와 언어를 융합하는 『시경』을 쓰려 했다는데, 상당히 뛰어난 발상인 듯 합니다. 그러나 나는 판소리나 민속극에 별로 아는 게 없고 성경의 구조나 언어에도 무지한 상태입니다.

성현이는 내 시가 민속가면극에 알맞은 음률을 가지고 있다는데, 그건 내가 자란 시골의 생활과 한국인으로서의 체질이 가져온 우연한 현상이지 민속극의 연구나 탐구로 얻은 결과는 아닙니다. 어쨌든, 시를 쓰는 일보다는 생활하는 일에 더 열중하여야겠습니다. 내 생활이 시를 낳는다면 그로써 만족할 수 있을 것이고, 낳지 못한다면 생활의 충실만이 세월을 수놓을 뿐입니다.

이 글을 받아보실 때쯤이면 상덕이가 출소했을지도 모르겠습니다. 상덕이에게 부탁하고 싶은 것은, 예비군의 자세를 견지해 달라는 것입니다. 예비군은 생활에 임하면서 유사시를 대비한 단련을 게을리하지 않는다는 뜻입니다. 전쟁시엔 현역, 예비역의 뜻가름이 불필요한 것이지만 평시에는 커다란 차이가 있습니다.

시대의 혼은 점점 굿거리의 방정맞은 신대처럼 신들린 듯 더덜덜 달달달 제멋대로 횡행하고 밝음을 몰고오는 새 시대의 전개는 3·1독립선언의 장려한 글귀만치 튼튼하지 못합니다. 땀, 오로지 머리에 흐르는 땀만이 우리들의 머뭇거리는 발길을 미래의 성으로 안내할 것입니다.

우리들이 곧 함께 있게 된다는 사실에 아니꼽게 생각하는 자, 의심스럽게 바라보는 자, 떫게 여기는 분,…… 등벼라 별 눈초리가 다 있음직 하오만, "대추귀신, 소나무귀신, 장독귀신, 옴붙은귀신, 무저리귀신, 곰보귀신, 푸른귀신, 붉은귀신, 잡신, 명신, 울쇠, 철쇠, 에에—이 지상, 천상, 너와 나 사이, 모오든 잡것들은 앉은 자리 파가지고 선 자리 둘러메고 이리 비틀 저리 비틀 왔다리 갔다리 힐끔힐끔 찔끔찔끔 냉큼 꺼져버려라아아—." 성경을 이런 가락에 맞춰 다시 번역한다면 참으로 좋을 것입니다. 우리 전통의 가락을 개발하여 그것으로 성경의 메시지를 재구성한다면, 그게 또 장관이 아닐손가!
만날 날이 꼭 66일(성경이 66권인데 묘하게 일치). 이 남은 1977년 4월 18일, 19일의 전야에 정숙 씨의 건강하심과 바쁘신 가운데에서의 여유를 기도하며 당신의 Worse K, 채광석이 쓰다.

지난 두 해는 큰 해였습니다,
큰 삶이었습니다

To My Better K.

지난겨울은 즐거웠지.

호랑말코 같은 한파가 기승을 부렸지만 더덕진 얼음덩이로 둘러쌓인 감방 안에서 나는 제법 기염을 토하고 있었지.

나의 행복스런 모포들과 침낭들조차 사치로와서 이 모든 사치의 잘못을 하늘에 빌고 살갗을 후비는 한풍을 용서할 수도 있었지.

두손 호호 불며 Good News Bible과 일어 성서를 읽을 수 있었고 꺼진 난로에 불을 붙이며 새까매진 얼굴로 웃을 수도 있었지.

헤진 솜옷, 뭉쳐진 솜이불, 나풀거리는 겨울 내의로 겨울의 시간들과 마주 서는 장기수(무기, 15년……)들의 음울한 고독을 조금쯤 엿볼 수도 있었지.

이름 없는 도도의 하나로서 춥디 추운 마룻바닥을 매섭게 살고 싶었지.

오만한 눈, 사치스런 가치기준을 모조리 괴로워할 수 있었던 겨울은 정말로 즐거웠지.

봄이야 오건 말건 지난 겨울은 즐거웠지.

봄은 무엇이냐.

추위에 바싹 얼어붙었던 빈대를 일깨워 몰고 찾아온 봄의 꽃은, 봄의 따뜻함, 봄의 푸르름이란 무엇이냐.

빈대에 빨려 가려웁고, 햇빛에 쫓겨 신경질나고, 푸르름에 들떠 울화만 치솟는 봄은 무엇이냐.

득득 드드득 긁어 제쳐 살갗을 벗기고, 인상 팍팍 쓰며 싸움질이나 준비하고 잠든 정의, 잠든 자유를 신경질나게 불러보고 그래 이놈의 봄은 고작 그것뿐이란 말이냐.

주어도 주어도 끝없이 남는 내 안의 욕망, 비워도 비워도 찾아드는 역사의 소리들. 빌어먹을, 날더러 어쩌란 말이냐.

나갈 날은 닥쳐오는데 날더러 무엇을 두드리란 말이냐.

절망할 세계도, 헛것이 된 노력도 없다. 정말로 없다고, 병태야, 나는 소리라도 지르고 싶다.

감옥살이가 바로 세계인데 어디 또 내가 살아야 할 또 다른 사회가 있겠느냐.

『사막에서의 편지』란 책을 읽었소. 카를로 카레토란

'예수의 작은 형제회' 소속 신부가 쓴 글인데 참으로 그럴듯했소. '나는 생활로 복음을 외치고 싶다'고 외치며 나사렛의 목수, 천함과 경멸받음과 어리석음으로 대표되는 '작은 인간' 예수의 '작은 형제'가 되고자 사막 속의 흑인마을로 들어가 지식과 돈과 장비의 도움이 아니라 그들의 삶과 동일한 삶을 영위함으로써 참된 일치를 이루는 그의 철저한 삶은 오아시스의 풍족함에 젖어 있는 우리 모두에게 사막으로의 초대에 응하라고 압도하는 천둥소리였소. 괴로워도, 슬퍼도, 우리가 살고 웃으며 인상 쓰는 이 시공은 오아시스에 불과하단 얘기였소. 예수이고자, 예수의 편이고자 덜컹거리면서도 언제나 바리사이의 본질을 벗지 못하는 우리들에게 있어서 그의 얘기는 우리들의 괴로움으로서 언제나 가슴 한구석에 남아 있는 것인가 봅니다. 우리들은 바리사이다, 그것도 별 볼 일 없는 바리사이라는 인식만이 참으로 우리들의 것일 겁니다.

지식 나부랭이나 체면 나부랭이, 도덕, 교만의 겉껍질로 너덜거리는 인간의 정신, 그것은 놀라운 모습이 아니라 정상적인 모습이요, 천한 모습이 아니라 아름다운 모습일 겁니다. 너덜거리는 그 상태를 인식할 수 있는 능력은 그 상태를 숨기고 위장하려는 인간의 생리를 밝혀주는 빛이지 어둠일 수 없습니다. 고민하고 노력하고 조바심치지만 언제나 제자리로 돌아와 히히덕거리는 천박한 삶, 그것이 바로 우리가 보아야 하는 우리네 삶의 진정한 모습입니다. 이 삶을 위장하지 않고 왜곡하지 않고 버리지 않으려는 참다운 괴로움 속에 우리는 빛의 자녀일 수 있을 것입니다. '큰 바위의 얼굴'에서처럼.

선禪에 입정한 수도승마냥 면벽한 채 용맹정진하는 '불길 같은 정신'으로 남은 세월을 보내고 싶습니다. '용맹정진'이란 말이 자꾸 게을러가고 치졸해져가는 머리에서 떠나질 않고 있습니다.
만사는 무, 무란 무엇이냐, 다툼이냐, 사랑이냐, 모든 것이냐, 화두는 무엇이어도 좋을 터.

우리가 하나되기를 바라는 배경에는 서로가 스스로를 확인하고 설득하고 결단하는 많은 나날들이 쌓여 있습니다. 앞으로도 많은 결단과 설득과 확인이 각자의 마음속에서 이뤄질 것이기도 합니다. 쉽게 즐거워야 할 이유는 없습니다. 그러나 만남의 날은 우리들 삶의 최대의 기쁨일 겁니다. 우리가 고난의 날을 기억하듯 출애급의 유월절도 기억될 것이기 때문입니다. 최대라는 그 말뜻의 우람함이 가장 작은 형태로 받아들여진다 하여도, 지난 두 해는 큰 해였습니다. 큰 삶이었습니다. 건강과 생활의 빛을 빕니다.

꽃들에게 축복을!
신념에 충실하나
편협하지 않고
굳게 생활을 해나가되
재물에 눈 속지 않는
삶을!

To My Dear Better K.

이제 꽃들이 여왕을 모시는 5월입니다.

온갖 생명력들이 움트고 부비적거리던 지난 4월은 우울하고 불만스럽고 분주한 나날이었습니다.

약속처럼 결심했던 많은 결심들이 흐늘흐늘 늘어지면서 뿜어내던 권태스러움은 가히 반성하고도 남는 것이었습니다.

걸어가는 머리터럭은 '삼손'의 위력을 되찾기에 아직도 부족한데 불신과 사기, 위선, 독선의 '데릴라'는 손에 손에 가위를 들고 머리터럭 자라는 걸 침흘리고 있는 듯 싶습니다.

우금치고개에서 민중의 시대를 절단시킨 그 가위, 시대의 요소 요소에서 자유의 성장을 잘라낸 그 가위, 삶의 치열함 속에서 평화의 기운을 뺏아간 그 가위.

가위들은 '데릴라'의 손끝에서 달그락거리고 '삼손'의 머리털은 과연 얼마나 자라고 있는 것일까.

꽃들에게 축복을!

우리는 다만 꽃의 아름다움을 영탄하기보다는 꽃을 피우기 위하여 투입되는 흡수吸水의 길고 힘든 노고에 있어서 함께 어깨를 가눌 수 있기를 열망하여왔다.

그러나 친구여, 꽃들은 아름다웁고, 아름다운 꽃들이 지난날의 땀흘림의 환희를 잊었다 하더라도 꽃들에게 축복을!

아름다움은 영원히 아름다웁고 우리들의 꿈은 항시 작은 현실이 될지라도

여인이여,

빛나는 가구 반들거리는 얼굴들에 축복을, 그 염치 없는 웃음들에게도 주름진 우리네 인생의 복됨의 분깃이 있다 하자, 깨어도 깨어도 깨닫지 못하는 사랑 하느님의 사랑이 남아 있다 하자.

나는 무엇을 하여야 하는 걸까.

나는 무엇을 바칠 수 있는 걸까. 나의 재산과 나의 생명

과 나의 평화를 어떤 형태로 봉헌할 수 있다는 걸까. 모든 것은 거짓일까. 나와 사랑하는 여인의 원자적 결합은 다른 모든 결심을 뒤덮는 것인가. 빛은 한 인간으로서의 나와 사랑하는 이의 참된 일치를 통하여 하늘에 닿는 것이 아닐까. 참으로 인간다운 욕망과 참으로 인간다워지려는 갈망에서 사랑은 완성되는 것이 아닐까. 우리들이 함께하려는 삶은 작은 행복을 이룸으로써 가장 잘 봉헌되는 것이 아닐까. 평범한 인간들의 평범한 행복마저 뒤흔들고 있는 비리非理의 늪은 우리에게 안주와 자기만족의 교만성을 일깨워 무얼 하겠다는 것인가. 전인격으로 만나고 전인간으로 살아가는 우리의 꿈이여!

병태가 보내준 『판초빌라 전기』는 잘 읽었습니다. 지난해에 언뜻 읽었던 책인데 비교적 정독해봤습니다. 남미와 아프리카의 역사를 도무지 읽어보지 못한 내게는 주인공이 살고 싸우고 죽어간 세계가 여전히 낯선 채로 남아 있습니다. 브라질이나 기타 남미의 어느 한 나라의 자세한 역사와 그들이 내게 알려준 이름인 사파타, 토레스 신부, 카마라 대주교, 프레이리의 콘텍스트를 알고 싶어집니다. 어느 흐름의 어느 지점을 그들이 호흡하고 살고 그리고 죽어갔는가, 또는 살아가고 있는가.

솔직히 고백해서 나는 정숙 씨의 고달픈 생활, 정신적

고뇌, 그리고 나와의 관계에서 볼지도 모를 불안 같은 것을 어떻게 위로하고 신뢰를 줄 수 있을지 청사진을 제시할 수가 없습니다. 신념에 충실하나 편협하려 하지 않고, 굳게 생활을 해나가되 재물에 눈 속지 못하는 삶, 이것이 결코 얼마나 믿음직스러울 것인지는 나 하나에게 주어진 고뇌만은 아닐 것입니다. 생각 같아서는 뚜렷한 희망을 제시하고 싶습니다. 그러나 우리는 2년여 전의 출발점에서 보다, 더 많은 동의와 더 폭넓은 이해의 기반 위에 서 있기에 눈에 보이는 희망보다는 가슴 안에서 새긴 고난의 지난날을 우리들의 '출애굽', 우리들의 '부활'로 삼을 수 있을 것임을 믿습니다.

어느 곳엔들
님이 없을까!
눈을 감아도
피할 수 없는
님의 존재
님밖엔 없으니
난 웃을 수밖에

함께 길 가는 동무에게

여자와 함께 산다는 것에 대한 어느 노총각의 견해. 잔
주름이 눈가에 자꾸 늘어나 '좋은 시절 다 가버리는게
아닌가'를 걱정하지 않을 수 없는 이 늙은 총각께서는
염병할, 나 이외의 다른 사람과 해로한다는 것의 의미
를 지금껏 생각해본 적이 없는 것 같으오. 기껏 생각한
댓자 콩알만 한 구슬이나 조막만 한 인형쯤 데리고 살
겠거니 하였을 뿐, 아이구머니나 키가 1m 60에 이르르
고(그 이상이라면 실례지만) 체중 50kg의 거인(?)과 함께
살아가야 한다니 이게 웬 벼락 같은 말씀이란 말인가?
손아귀에 넣고 돌돌 굴리는 구슬이거나 헝겊쪼가리를

재단하여 옷을 입힐 수 있는 인형이라면 그런대로 하숙집 좁다란 방 안에서라도 동거할 수 있으련만 이게 웬 날벼락이란 말인가. 가구며, 집이며, 먹고살 양식이며,…… 기절할 노릇이 아닐손가?

아침 저녁으로 평생 배운 웃음을 연습해야 될 게고 탁구라고 칠 양이면 그 둔한 솜씨를 감내해야 될 게고 아아, 맵고 짜고 층이 열 개는 진 밥도 웃으며 먹어야 할 수많은 끼니들이여, 나를 용서하소서. 함께 산다는 것의 구슬적 의미와 인형적 낭만을 너그럽게 보아주시와 되도록 삐쩍 마르고(가벼웁도록) 되도록 덜 긁는(식성이 좋도록) 좋은 반쪽을 허락하여 주소서. 그리고 사내된 체면을 혜량하시어 라면 끓이기와 밥 짓는 일에 도가 튼 지난 자취 시절의 내 취사 실력과 단추 달고 꿰매는 나의 군대 시절, 징역 시절의 손재주를 그녀가 눈치채지 못하도록 언제나 눈을 가려주시옵고 무엇보다도 벌기보다는 쓰는 데 별난 기술을 지닌 나의 이재理財능력과 일하기보다는 말로 때우기에 닳고 닳은 나의 말솜씨를 제발 눈치채지 않도록 그녀의 근심과 걱정을 핑계 삼아 비옵나니 기왕에 알려진 비밀도 잊혀지도록 도와주시고 도와주소서. 쌤통.

5월은 가정의 달

뒷산 언덕에는 보리가 시퍼렇게 크고 있고 키가 큰 버

드나무의 탐스러운 머리칼이 바람에 살랑거리고 있소. 어디 그뿐이리요. 산과 들은 온통 푸르른 풀의 무대, 교도소 안의 봄도 이리 젊고 이리 도도하오. 건너 산 공주 산성도 이제는 완연한 숲이 되어 겨우내 버리웠던 산성 터가 제법 그윽하게 감춰졌소 그려. 도처에 님이, 어느 곳엔들 임이 없을까! 눈을 감는대도 피할 수 없는 것이 님의 존재. 웃어버리는 수밖에, 웃으며 그대의 모습을 지워버리는 수밖에. 불붙는 사랑의 혼이 바싹 마른 목조의 교도소를 다 사르고도 남아 훨훨 타오르고 말 것을, 그저 참음으로 보존하는 5월의 사랑.

군대 시절이 또 생각납니다. 3년 통틀어 10권 정도의 책도 못읽고 고통과 우울, 그리고 더할 수 없는 불만에 치를 떨던 그 고독의 나날들이 믿음과 희망 그리고 상상한 정도의 고뇌가 깊이를 다지는 징역살이에 오버랩 됩니다. 통틀어 5년, 이것으로서 나의 '배움'은 궤도에 오르는 것 같습니다. 목표를 세울 수 있을 것도 같고 침묵하는 슬기도 제법 내것으로 할 수 있을 것 같습니다. 그러나 아직도 나는 거부되고 있습니다. 평화행 티켓은 아직도 먼 나라의 이야기.
지난 50년 만의 추위로 인해 죽어간 것은 아무것도 없는 듯 싶소. 희망도 절망도 빈대도 꽃들도 잡초들도 신나게 커가고 있소. 겨울 속에 모든 삶들이 잠재하여 있듯이 봄 안에도 모든 삶들이 있습니다. 왠지 지난겨울의 햇빛은 더 따사롭고 더 설레었던 것만 같소. 이 봄의 푸르름이 그렇듯이. 이제 우리는 '지금' 속에서 '노년'을 봅니다. 창조에서 종말을 보듯이. 징역살이의 순간순간에서 우리는 모든 이질적인 것의 평화를 봅니다. 내일의 만남에서 그럴 수 있듯이.

다함없는 사랑 안에서
그대의 어깨동무

만남의 날은 우리들 삶의
최대의 기쁨일 겁니다.
지난 두 해는 큰 해였습니다.
큰 삶이었습니다.
건강과 생활의 빛을 빕니다.

___

프레데릭 바질, 〈레즈 강둑의 풍경〉, 1870년

우리에겐 아무것도 없었소
있다면, 나의 서릿발 선
징역살이가 있을 뿐,
있대도 철망 틈으로 확인한
'간절한 사랑'이 있을 뿐

어깨동무에게

팔자 늘어진 강아지마냥 운동장을 누비며
땀을 흘린 뒤 찬물로 목욕하고 나니 이 또한 늘어진 개
팔자라.
썩어 죽을 놈의 정의고 나발이고 봄빛에
새까맣게 타는 피부 길어가는 엉성한 머리털
위엔들 내 너를 어찌 기억하랴
마려운 오줌을 참듯
나갈 날을 참는다는 것은 급한 듯 곧 쌀 듯 조바심이
처지고

자유야,

펄펄펄 파랑새마냥 날아가 썩은 고목나무

말라깽이 곁가지에나 앉으렴

고통당하는 형제들아,

세상은 다아 ─ 그런 것,

지랄 발광 떨지 말고 동냥밥이라도 고마워할 줄 알고

기름진 배따지의 하늘 높은 야앙반님네들을

항시 충효의 정신으로 받들으렴.

퉤퉤퉤퉤,

나도 더러운 놈이고 정의도 자유도 모두 헛나발이고

고난받는 형제들도 그저 그런 거고

사고는 개장국 속에나 양념으로 뿌려져라.

나를 소설 속의 주인공으로 착각하고 빛나는 눈동자, 방랑하는 정신의 절정으로 찬탄하던 '몰지각한'(이건 권력을 쥔 이들이 내게 붙여준 레테르입니다만) 몇몇 여자들을 제외하고는 대등한 관계에서 편지를 주고받을 수가 있고 남자 '티'와 여자 '티'를 내며 시시덕거릴 수 있던 것은 감옥 들어와 처음이었으니 그동안의 앙앙한 불만과 휘청거리는 '결핍심리'(열등감의 고상한 표현)가 이떠하였을 것인지는 불을 보듯 환한 이치.

우리더러 '늙은' 총각과 '늙은' 처녀가 되어서야 기다림과 사랑함의 뜻을 맛보라 하신 하늘의 뜻이 괘씸하기 짝이 없지만, 늙어서 젊은 사랑을 할 수 있다는 것은 또 얼마만한 은총일런지! 최인호란 어정쩡한 친구의 자전적 소설 『가족』(《샘터》에 연재 중)에 나오는 투로, "야야 치사하다 치사해, 옥살이할 때는 고상한 것 되게 사랑하더니 추하고 더럽고, 야 야 광석아 너도 날샜다. 아이고 네게 속은 나도 날샜다"고 나를 몰아세울 날도 머지 않았다 생각하니, 맙소사, 징역 시절이 알사과 같은 시절이라니! 히히히.

그리스도의 십자가가 어쨌다느니, 부활이 어떻다는 둥, 통일이 어떻고 국리민복이 어떻다느니 온갖 고상하고 애국적이고 그리스도적인 말 마디를 총동원하면서도 조선호텔 커피숍에서 커피를, 밥은 이름도 가름하지 못할 양식을, 애국은 번들번들한 그랜드 볼룸에서, 국제친선은 모 호텔 또는 워커힐 쪽에서, 십자가는 여의도광장에서 도매상 아이스케이키 팔 듯, 아아 사랑은 약한 사람 깔아뭉갠 고루거각에서, 염병할 말, 말, 말, 말, 말을 난도질하면 거렁뱅이의 삐져나온 알무릎 외에 무엇이 남겠는가. 알무릎 짓이겨 시푸르딩딩한 곳에 어린 시절의 개구쟁이 꿈과 함께 빛이여 영겁을 비추어라. 영겁을 춤추어라.

우리에겐 달밤의 밝은 추억도 없나 보오. 우리에겐 철따라 이곳저곳 기웃거리나 연극을, 음악회를, 이름난 술집을, 기웃거리는 알뜰한 고전 코스도 없었나 보오.

있다면 날강도 같은 나의 서릿발 선 징역살이가 있을 뿐이고 있다면 철망 틈으로 확인하는 '간절한 사랑'이 있었을 뿐. 노처녀의 사랑을 '면회 다니는 것'과 '편지 받는 것'의 두 가지로 막아둔 나의 몰염치함은 그대에게 무엇을 말하게 할 수 있을 꺼나. 5월은 염치 없음이 자꾸 무거워지는 달, 사랑하는 이여, 속아만 가자. 모든 욕망과 지혜에 속아만 주자. 어리석지 않고는 사랑을 얻지 못한다 하거늘.

빈대복음(Gospel according to pindae)

옛사람이 말하기를 '깨어 기도하라'하였으나 나는 말한다. "쿨쿨 잠들어 한밤중이거라"라고. "태초에 빈대가 피와 더불어 있으니 착취와 뻔뻔스러움이 함께 있더라"느니 하는 빈대가 전한 복음을 짖고 싶어서 끙끙거리고 있습니다. 걸 기대!

나른한 오후, 운동을 하고 포옴 잡고 보니 때는 벌써 초여름, 성급한 사내의 덧옷을 벗깁니다. 힘이 솟습니다. 어두운 시대를 밝게 보려는 집중된 정신이 땀을 가져옵니다. 평화의 빛, 빛이여 세세영원토록 이 땅 이 세계에 머물거라.(신용협동조합 일에 필요할 것 같아 상업부기 공부를 오늘부터 시작합니다.) 건강과 소망을 빕니다.

어찌 되얏든 건강하시고
항시
기세등등하시소

정숙, 정숙, 정숙 씨에게.(3회 반복은, 히브리인들에게, '완전'
을 뜻하는 상징이었음.)
공주사대 '황토'극회, 교도소에서 고성 오광대놀이를
연희하다.

빈대가 전한 기쁜 소식 1

버드나무 가지에 수금手琴을 걸어놓고
시온을 생각하며 나는 울었다.
반질거리는 가구,
찰싹 감기는 여인네 팔다리를
감치게 빨아 먹던

그날의 은혜는 영원히 잊혀져가고

나는 이제 잠드는 자들의 벗이 되었다.

"깨어 기도하라" 옛 기록은 말했으되

나는 말한다 "잠들어 언제나 무감동하라."

행여 빨린 피 간지러워 긁적대는 손톱날에

통통 피배불린 배따지가 터질까 저어하여

아아 호화로운 기름기 불거진 배를 빨지 못하고

시래기 콩밥을 올궈 겨우겨우 마련한 수인의 모진 피나

빨아온

나의 젊음이 시려워 나는 울었다.

이 말을 들어라.

가난한 사람을 짓밟고

흙에 묻혀 사는 천더기의 숨통을 끊는 자들아.

나의 목숨은 질기고 질기어 악의 총계만큼이나 질기어

끊어지지 않는다 50년 만의 혹한에도

빈틈을 메우는 장판이나 도배지에도

간간히 뿌리는 약물에도

나는 끈질기게 살아남아 잠든 자의 살을 헤집고 피를
핥는다.

빼앗기는 자의 마지막 용서만을 빌며

나는 핥는다

용서하라 잠든 가난한 이의 고달픈 징역살이여

나를 용서하라

그대들의 눌리고 찢긴 삶이 아니고는 기름진 부유한 자

의 뱃가죽도

나를 용서할 수는 없다.

칼을 쥔 용사의 용맹으로는 나를 이길 수 없다.

불만이, 불이 아니고는 끌 수 없는 한, 한, 한

한 서린 시퍼런 불길만이

목조의 가사 나의 보금자리를 태우고

나를 용서할 수가 있느니, 죽음으로,

불태워 죽임으로……

시험 보느라 수고 많으셨소. 요즘은 날씨가 하 좋고 하
푸른지라 부글거리는 젊음이 넘쳐흘러 앙앙 불락이오.
모두들 안녕하신지, 그리고 노처녀님께서도 감기 안 걸
리고 활개치고 다니고 계신지, 두루 궁금하외다.

'군'으로 나가는(졸리워서 그랬을 걸로 알고 있는) 편지 아
닌 엽서는 방금 잘 받았소. 상덕이란 놈 뻔뻔스럽게도
옛날과 똑같다니 괘씸한 놈이요. 제놈도 인간인데 그래
도 좀 사람이 될 줄 알아야지 쯧쯧……. 그리고 출소하
거든 집으로 가라는 얘긴 참고로 삼되 서울도 집도 아
닌 남도 삼백 리 시일실 유람길이나 떠나면 어떠리요.
그 좋은 시절 철창 안에서 다 보내고 그득그득 쌓인 울
화 유랑길에 뿌리면서 후이히 후이히 바랑 짊어지고 방
랑길이 어떻겠소?
어찌 되얐든 건강하고 항시 기세등등하시소. 그럼 다음
에 다시!!

사랑이란
상대방 가려운 곳
긁어주는 것
사랑이란 함께 긁으며
킬킬 웃는 것
사랑이란
피부병 걸리는 것,
아아 사랑이란
용서하는 것

정숙 씨에게.

밤새 잠든 육신을 뜯어 먹고 탱탱해진 배때지를 주체하지 못한 탓에 비실거리다가 끝내 벽을 타고 기어올라가 숨지 못한 채 비실비실 방바닥에서 버둥거리는 빈대를 아침에 만나보면, "허허 욕심도 많은 친구로군" 헛웃음만 입가에 맴돈답디여. 실컷 뜯어 잡숫고는 피부병이나 옮겨주는 '놈'의 행패가 제법 괘씸이오만, 젠장 팔다리에 누덕누덕 빈대가 전해준 피부병을 그대로 보존하였다가, 내 나가서 님을 만나면, "반갑소, 이리 반갑고 이리 기분 째질 수가 없소." 히히거리며 비비적거려선 빈대가 전한 가려움증을 몽땅 옮겨, 매일같이 만나선, 드드득 득득득 온몸을 긁어가며 둘이서 킬킬거림이 어떨고. 그리하여 빈대의 염치 없음이 간질거리는 그리움이 되어 우리는 항시 마른 몸을 득득 긁으며 사랑이란 남의 가려운 곳을 긁어주는 것, 사랑이란 함께 긁으며 킬킬 웃는 것, 사랑이란 빈대가 전한 기쁜 소식, 사랑이란 피부병에 걸리는 것, 아아 사랑이란 용서하는 것이라.

요즘은 체육대회를 치르느라고 동분서주, 얼굴이 새까매졌소. 배구, 권구(야구나 소프트볼의 변종). 탁구, 왔다리 갔다리 약방의 감초마냥 촐랑거리느라니 땀은 철철, 햇살은 쨍쨍, 근육이 살찌느라고 피둥거리오. 집에선 꿩 궈먹은 소식 한 장 없고 하일동의 제자 임경화 군에게서 안부편지가 왔소. 상덕이놈 만나거든 꼭 찾아가서 경화를 위로해주고 격려해주십사 전해주구려. 칠칠찮은 선생들 걱정하느라고 작은 몸이 더 작아지지나 않았는지 가끔 생각해보노라면 고맙기도 하고 기특하기도 하고 안쓰럽기도 하고, 가엽기도 하고……. 빛이 있어라. 어둠 속에 피어나는 앳띤 꽃들에게.

이제 한 달쯤의 세월이 남겨진 것 같으오. 4월 초파일

(부처님 오신날)쯤 활동을 멈추고 용맹정진 좌선에 입정할 작정으로 있습니다. 얘긴즉 일하던 것 그만두고 방에 들어가 책이나 보며 그대를 볼 때에 가슴이 헐렁거리지 않도록 심신을 추슬러야 될 것 같단겁니다. 인생잡사는 번잡하고 지랄 같은 일면이 있어 때론 휴식을 취하고 싶은 유혹이 있는 것이자만, 짐짓 모른 척 지내왔는데, 순리를 쫓는 것도 괜찮을 듯 싶어 결단한 것입니다. 책은 더 이상 필요가 없습니다. 『Good News Bible』과 『공동 번역 성서』와 『새 번역 신약 전서』 세 권만 있으면 한 달 정도의 세월은 좋이 보낼 수 있겠습니다. 요즘은 거의 책을 못 읽고 지냅니다. 읽히지가 않는군요. 가슴도 팍팍하고 뭔가 자꾸 맺히는 것만 같아 스스로 조심스럽소. 서울서 정숙 씨 생활하는 모습도 영영 잘 묘사되지 않고 다만 바쁘고 졸리울 것이란 막연한 느낌만 맴돌 뿐입니다. 무쇠 같고, 강철 같고, 고추장 단지마냥 맵고 선연할 수 만은 없는 탓인지도 모릅니다. 젠장, 맥 풀린 고추장이라면 국에나 또는 찌개에나 넣어버리지.(이러고 보니 또 요리상식을 폭로한 게 아닌가. 모른 척하쇼.)

정신의 통일이 뜻대로 이뤄지지 않아서 약간은 고민입니다. 이것저것 산만하여 매일매일을 어떤 식으로 보내고 있는지조차 멍멍하거든요. 5월 22일은 김상진 형 장례식을 치른 지 만 2년이 되는 날입니다. 그날의 비장하

던 심정은 여전한데 김형이 머리를 둘 곳은 아직도 이
땅 위엔 없는 듯 싶소. "공중의 새들도 쉴 곳이 있는데
인자는 머리둘 곳조차 없다"는 예수의 말, 바로 그대로
인 것 같습니다.

오늘은 의무과에 가서 포도당 주사를 맞았습니다. 촐랑
대다 보니 온몸이 녹작지근하고 헬렐레해져서 힘의 보
조가 필요했던 탓입니다. 기운을 차리고 열심히 생활하
고 끈질기게 극복해야 되겠습니다. 염병할 놈의 날씨는
쨍쨍거리고 마음은 파도치고……. (방금 희석이한테서 편지
가 왔는데 이 달에는 면회 못 오겠답니다. 6월 초에나 오겠다고
하는데 근무 때문인 듯 싶습니다.) 성경공부나 열심히 하면
서 남은 세월 힘차게 이겨가겠습니다. 언제나 건강하시
고 항시 고운 마음 고운 모습 계속하시길 빕니다. 친구
예수의 큰 사랑 안에서 하나이길 기원합니다.

젠장할 놈의
눈물

빈대가 전한 기쁜 소식 2

잠든 이여
화끈거리는 내 입놀림이 머문 곳을 긁으며
울화라도 터지거든 일어나 나를 잡으라.
되돌아보면
당신들의 잠은 참으로 무심한 방관
당신들의 꿈은 진정코 철딱서니없는 피빨리움
일어나시오
나는 이리도 탐욕스레 당신들을 빨았는데
미움도, 살아가는 고달픔도 모두 잠에 이끌리워
삶은 수렁에 빠진 마차바퀴인가
보시오.
잠자며 긁어대는 본능만으로는

전쟁도 착취도 폭력도

스스로 도망하진 않는다

반드르한 뱃가죽이 포식의 만족으로 빛날 때까지

가진 자의 웃음은 그치지 않는다

잠든 삼월 일일이여

잠든 전태일이여

잠든 세계여

깨어나지 못한 동학은 어제의 상처로 새겨지고

깨어나지 못한 삶은 두고보자는 미미한 일렁거림.

깨어난 자의 고독이 온방을 채우며

이제 용무를 마치고 귀소하는 내 덜미를 잡는다.

꼬옥 꼬옥 손톱으로 이기고 엄지로 비비며

벽을 적시는 붉은 피와 누리끼한 냄새를 맡으며

밤에 일어선 이여

너는 그렇게 크는 것이다. 피를 빨며 내가

커왔듯이

너는 그렇게 날 잡으며 크는 것이다.

—데오필로여

이제 한 달입니다. 카운트다운을 할 시간입니다. 냉혹한 이성으로 창의의 날 5월 22일을 생각해야 되었는데도 눈물이 앞서 종일토록 벅차기만 했을 뿐, 별다른 생각을 가질 수가 없었습니다. 무엇인가 자꾸 무거워지고 어딘가 만족스러웁지 못한 자책이 몸을 감고 떠나질 않습니다. 빈대에 뜯겨 박박 긁어대다가 이놈의 빈대를! 하며 한밤중에 일어나 서너 마리 즉결처분하고 앉아 있 노라니 빈대가, 잠든 나, 잠든 진리, 잠든 자유를 부르던 것이나 아닌지…… 하는 생각이 스쳐가길래 「빈대복 음」의 세 번째 글을 써 보았습니다.

송병춘이도 곧 나오겠습니다. 병춘이 누나는 참 기쁘겠 습니다. 그리고 무척 슬플 겁니다. 홀어머님을 옥에서 잃은 그 설움, 평생 잊히지 않을 겁니다. 호웅이 놈도 나오겠지요. 누나와 동생이 신나겠습니다. 박성규―엄 마가 좋아할 겁니다. 그리고 채광석이도 꼴찌로 나갈 겁니다. 누구누구는 참 기분 삼삼할 겁니다. 부모님도 설움 반 기쁨 반일 거예요. 피부병이나 한 보따리 짊어 지고 엉그적거리며 창살을 제치고 나갈 겁니다. 박승제 가 김정환이 나가는 날(6월 7일) 부끄러워 못 오겠다는 데 그 부끄러움은 또 염병할 놈의 것입니다. 입이 찢어 지게 기뻐서 혹시 입이 진짜로 찢어질까 겁이 난 탓이 틀림없습니다. 머리는 길어가고 얼굴은 볕에 검게 타고 마음은 천갈래지고, 요즘은 괜시리 심술이 나는 때이기 도 합니다. 나가면 무슨 짓으로 정숙 씨를 걱정하게 할 것인가를 궁리하는 중입니다. 걸 기대!(술로? 아니면 멍청 이 짓으로? 아니면 무엇이 좋을 것이냐 ―)

정성현이 놈의 거동이 수상쩍더니 연앤가 뭔가 하는 모

양인데 빵잽이 주제에 너무 헬렐레하다간 뺏다 맞는 수가 있으니 근신하라고 만나거든 전해주쇼. 보호자가 이렇게 교도소에 들어앉아 있으니 아이녀석 하는 짓들이 영 마음 안 놓이는군요. 그리고 《창작과 비평》 여름호 좀 보내주시오.

처녀가 남자용 팬티를 사러 시장바닥을 어슬렁거리며 만끽했을 그 부끄러움도 이제 두 해가 흘러갔고 기쁨과 떨림을 조금씩 숨겨두면서 해방의 날을 기두린다는 것은, 정말로 눈물겨운 것입니다. 젠장할 놈의 눈물, 박경리의 「시장과 전장」을 읽으며 박씨가 흘렸다는 눈물의 처절함……

6·25 시대의 파편이 그네들의 '평생고뇌'였다면 우리에겐 징역살이의 그것일지도 모르겠소. 건강과 활기 있는 나날을 빕니다.

요즘은 축제, 시험 모다 끝났을 텐데 한시름 건너고 나니 기분이 어떠하오? 상덕이더러 박연호 군 가족 좀 돌봐주라고 전해주소. 시간 참 더럽게 안 가는구료. 그럼 다음 글 쓸 때까지, 안녕.

빈대가 없어
팔자 늘어졌습니다

정숙 씨에게.

어제(27일)부터 출역하여 일은 하되 저녁에는 조그마한 독거실에서 지내는 생활을 시작했습니다. 빈대가 없어서 팔자가 늘어졌습니다. 그런데, 염병할 소식들이 없어 심심하고 답답하오그려. 사전에 약속이나 한 듯이 묵묵들 하니, 햇살이 쨍알거리는 샘가에 나가 찬물을 뒤집어쓰며 시앙, 시앙, 씨―……. 이거 어드케 된 거야. 다들 염병에 걸린거나 아닌디 모르겠다. 나 이거 원 기가 맥혀서―. 무소식이 희소식이겠지만 카운트다운하자마자 김이 새는구려. 저녁에 혼자 앉아 묵상하면서 회초리깨나 들먹이고 있으니 그리 아시압.

오늘은 토요일, 날씨가 너무 좋아서 여기서 끝. 몸 건강 마음 건강!

나쁜 반쪼가리가

> 당신과
> 마주치게 된 것은,
> 사람의 뜻이 아니고
> 자연의 섭리인 듯합니다

정숙 씨에게.

삽상한 날씹니다. 아침에 일어나 슬그머니 누워서 바라보니 흰 담벼락 위에는 흰 구름이 오르락거리고 아래쪽엔 들국화 여나무 송이가 바람에 간들거리고 있었소. 빈대와 이별한 지도 나흘째, 좀 비겁한 행위가 아닌가 싶었지만 묵상의 시간을 찾는다는 것은 때때로 불안한 듯 싶었소. 삶은 이리하여 빈드르르한 평온 속에 나를 안주시켜주고 있는 셈입니다.

아버님께서 이곳을 찾아오시기는 1년 2일 만의 일이었는데 정숙 씨와 마주치게 된 것은, 사람의 뜻이 아니고 자연의 섭리인 듯 싶습니다. 이제 남은 것은 만남의 일정뿐입니다.(말을 잘못 전해 받아서 정숙 씨가 정숙 씨 아버님과 함께 온 줄 알고 속으로 한참 떨고 있었습니다.)

실무를 협의합시다. 아시다시피 어머님이 23일에 오셔서 일박하고 24일 아침(6~7시 사이)에 나를 기두리실 예정입니다.

Ⓐ 사정이 허하여 여유가 있다면, 어머님과 함께 행동하여주시든지(사전의 약속이 필요하겠지요.)

Ⓑ 차선의 방책으로는, 출소 후 저는 전화 2197번 서봉세 신부님 댁에서 오전을 보낼 것인즉 24일 일찍 서울을 떠나 공주에 도착하시는 대로 2197로 전화하여 만나도록 하여주시든지,

Ⓒ 시험이 겹쳐 불가능한 경우에는 시험 끝나시는 대로 경호다방에서 오후 5~6시 사이에 만나도록 약속하든지, 셋 중에서 한 가지로 합의합시다.

지금 현재론 Ⓐ Ⓑ의 경우가 안 된다면 시험 끝날 때까지(25일은 휴일이니까 하루밖에 안 걸리겠습니다만) 징역을 더 살고 있을까(!) 생각하고 있습니다. 가능하다면 교도소 정문 앞에서 만날 수 있기를 기원합니다. 그 많은 세월 담벼락을 사이에 두고 괴로워해야 했던 그 어려움들은 어깨를 함께하고 바라볼 수 있기를 깊이 원하고 있기 때문입니다. 오늘은 참 미안했습니다. 상덕, 부권, 병도 형, 병태 등 모든 이들에게 안부 전해주시고 다음 글

있을 때까지 안녕히 계시길!

　[추신] 그리고 소식 없을 때는, 병 걸린 게 아닐까, 어디 무슨 곤란한 일이나 생겨서 그럴까, 등등 괜시리 더 걱정이 됩니다. 몇 글자 안 적어도 좋고 하루 걸러 쓰지 않아도 좋으니 닷새나 일주일에 한 번쯤 소식 주십시오. 참, '24일 합의건'은 곧 연락 주시고 (편지를 자주 왕래한댓자 10통 이해겠습니다만) 충분히 합의를 봅시다. '선합의, 후출소'를 기약합시다.

1977
06.04

아무렇게나 문질러버린
칙칙한 눈물자국 비비며
문을 열고 가리라,
사랑하는 사람이여

「2년」 – 제 1막 1장 (또는 첫째 마당)

말뚝이: 이년!이라…….

아 씨: 이년이라니 이노옴.

말뚝이: 아아니올시다. 아씨마님더러 이녀언!이라—

아 씨: 이노옴!

말뚝이: —한 것이 아니오라 소인이 살은 징역살이가 2
년이란 말씀입죠. 돌리고 짜고 물멕이고 비행기 태우
고, 생각만 하면 식은땀이 다 난다. 에이 퉤퉤…….

아 씨: 네가 그렇게 당했단 말이냐?

말뚝이: 아니올시다. 강 건너 빈대촌 가다밥 동네의 고
구려 백제 신라 시대에 그린 일이 있었을거라아 하는

말씀이온데.

아 씨: 삼국 시대면 힘센 놈이 장땡 칼 쥔 놈은 광땡 개 털들은 삼팔 따라아지던 시절이 아니냐.

말뚝이: 맞습, 맞습니다요. 범털들은 호랑이 가죽 깔고 비둘기나 날리고 개털 신세, 뺑기통에 파악! 찌그러져 눈을 떠도 호통, 무릎만 펴도 호통, 없는 놈은 몸으로 때우는 거여, …… 그때가 바로,

아 씨: 바로—

말뚝이: 오늘날—

아 씨: 뭐라고 오늘날!이라니. 네 이노옴 말뚝아!

말뚝이: 오늘날 우리가 역사책에서 배우는 삼국 시대라 는 거 올시다.

아 씨: 후유—. 네 이놈 까딱하면 뎅경하는 시대에 요 리 조리, 왔다 갔다, 찔렀다가 뺏다가, 이 아씨 마음을 왜 그리 덜컹거리게 하는고.

말뚝이: 어여어—어여어—세월 세월 세월 흘러 빈대코 에 붙은 인생 2년 징역 다아 살고 철문 열고 나가는데 사랑 사랑 내 사랑에 문앞에 선 너를 안고 돌아서서 바 라보니 곰팡이처럼 피어나던 징역사랑 한에 맺혀 도둑 놈 도둑놈 그 도둑놈 소리 내꺼리니 도둑노옴 나간다 아!

아 씨: 아이구머니나 도둑놈이란다. 날 살려라아!

함께 있는 정숙 씨에게.

358

정환이 녀석 말마따나 여행이나 좀 하고 싶소. 나가는 그 길로 하루 이틀 몇 고장만 함께 다녀보았으면 싶다는 얘기올시다. 여행자금은 징역 살은 월급을 빼고라도 조금쯤 내게 있소. 문제는 정숙 씨의 시간과 부모님의 허락 여부. 면회 때 얘기했듯이 욕심입니다만…… 사치스러운 얘기인 것만 같아서 쑥스럽습니다만 오래도록 못 만난 사람들끼리 다시 만나게 되면, 혹시나 내가 상대방을 맞기에 족하지 않은 세월을 보냈지 않나 하는 두려움 비슷한 게 조금씩 가슴을 스쳐가는 수가 있는 것이라서, 조금쯤 둘이서 그 서먹스럼을 삭히울 조용한 시간을 함께하는 것이 필요하리란 생각에서……. 아아 그렇게도 가슴 앓으며 묻고 또 묻어온 불씨들, 불씨들이 기인 잠에서 깨어나면서 지르는 새벽의 울음소리. 달래며 가리라, 아무렇게나 문질러버린 칙칙한 눈물의 자국을 비비며 문을 열고 가리라, 사랑하는 사람이여.

[別1] 고등학교 동창인 안양로란 녀석이 동창들이 모은 돈 만오천 원을 보냈습니다. 정환이란 녀석 왈, "형, 그 돈으로 출소하면 단짝 신혼여행이나 가슈." 천하에 소견머리 없는 녀석이지 글쎄 요즘 세상에 만오천 원짜리 신혼 여행이 어디 있겠수. 염병할 놈이 글쎄 7일날 나가면 일요일인 12일에 공주로 승제랑 놀러온답디여. 내 생각엔 개네들 탄 버스가 타이어 고장으로 천안쯤에서 한나절을 보내게 될 것이 틀림없소.

삶은,
일방통행만으로는 결코
생기 있을 수 없습니다.
우리의 서로 다른 점이
우리네 생활의 희망입니다

물구나무 서기 2

바로 서서 걷는 동안
우리는 보지 못한다
우리가 조금씩 타협하고 살아온 타협의 두께가
바벨탑만치나 높아져 있음을
우리가 어찌 볼 수 있으랴
가슴을 믿지 못하여
호주머니마다 가득 넣어논
지폐, 칼, 권총, 콘사이스, 사탕, 빵들은
물구나무 서지 않는다면

언제나 불룩할 뿐이다.

가슴이야 거꾸로 세워도 피나 빨리 돌겠지만

호주머니란 한결같이

하늘쪽을 향하여 입을 열어놓은 약점이 있어

거꾸로 서기만 하면

가슴의 뜨거운 피 힘찬 생명의 고동을 빼놓고는

몽땅 땅 위에 흩뜨릴 밖에

저희가 어찌할 수가 있으랴

보아라

너저분한 땅 위의 잡것들이 뿜어내는

끈질긴 괴로움을

푸르른 하늘의 두둥실 떠다니는 구름만 보면

그 눈으로 보면서

괴로워하거라

네 몸 하나 지탱하지 못하는 네 하이얀 두 손에

뿌리가 솟을 때까지

뿌리가 솟을 때꺼정

높이선 두 발의 자유와 더불어 괴로워하라

정숙 씨가 전해준 대식 군과 맹꽁 여사의 결혼 소식은 즐거운 소식이었소. 그놈 군대갈 때 소주잔을 나누며 맹꽁 씨를 약올려주던 일이 기억나오. 그런데, 놈들이 소식 한 장 없이 즈그들끼리 스리슬쩍 우물거렸다는 점에 대해서는 준엄한 처벌이 뒤따를 것이오. 젊은 것들이 주례선정에 있어서도 철저한 속물근성을 발휘했다는 점 또한 그러하오. 윤극영 할아버지도 글쎄 심장이 꽤 부으셨지, 케케묵은 복고적 탐미주의로 주례에 나서시다니, 유감천만이 아닐 수 없습니다. 끽다와 다방의 의자점령으로 대표되는 그 꼴상사나운 모습들이 그래도 착하고 무던해 보이는 까닭은, 모두가 그 한계를 알고 있다는 점에서요. 주제 넘게 그 한계를 벗어나 창조의 한계에 돌입하려 할 때 나는 그저 유감일 따름이오. 창조는 함께 길을 가는 뚜렷한 목표의 제시와 치열한 공동의 아파함에서 비롯되는 것을…….

서로가 서로의 다름에 눈을 뜨는 순간, 사람들은 모방 아니면 굴욕의 강요에 눈이 미칩니다. '다름'의 보존을 통해 얻어지는 삶의 풍요로움과 이해의 깊이를 생각하는 사람들은 생각보다 적습니다. 우리는 2년간의 옥살이와 옥바라지를 통해 강해 보이는 자가 실은 가장 약할 수가 있고, 약해 보이는 이가 실은 가장 강할 수도 있다는 여러 가지 체험을 했습니다. 삶은, 일방통행만으로는 결코 힘찰 수도, 생기 있을 수도 없을 것입니다. 우리들의 서로 다른 점이 우리네 생활의 희망의 표징일 수 있기를 빕니다.

[別1] (6월 25일이 휴일이 아니란 점, 늦게서야 알게됐습니다.)
숙제와 레포트, 그것들이 여지껏 시간을 빼앗는 걱정거

리로 남아 있다는 점, 그리고 단 하나의 보탬도 주지 못하는 나의 심정, 모두 6월의 점증적인 더위와 더불어 따가운 햇살들입니다.

조금씩, 그리고 우리 둘이 함께 담 안을 바라볼 시간이 임박했다는 기대를 선용하며, 지리한 과업을 마무려 가십시오. 한 손에 파리채를 들고 다른 한 손에 책을 들고 엉성한 포옴으로 누워 있는 나의 꼴을 상상해보십시오.

[別2] 날씨가 점점 뜨거워지고 있습니다. 건강 조심하시고 Ⓐ Ⓑ Ⓒ 중의 택일은 비교적 상세하게 해주십시오. 무리 없이 만날 수 있다면 좋겠는데…….

오늘 정환이 나가는데 정성현이가 왔더랍니다. 자, 그럼 우리들의 일만 생각하며 오늘도 잠다운 잠을 이뤄봅시다.

부드러운 꿈, 보들보들한
살이 영혼을 담고
그대 곁에 서면
새로운 일상이 시작되겠네
새로운 놀라움
새로운 긴장들이
다시 일상의 것이 되겠네.

알프레드 시슬레, 〈생- 마메스, 7월의 햇빛〉, 1892년

모든 살아 있는 것들은
다
행복하라
태평하라
안락하라

정숙 씨에게.

감동 없는 독서, 그저 조용하고만 싶은 아침, 어제의 낮은 타오르는 불길마냥 싱그러웠던 기억인데 하루도 안 되어 정적을 갈구하는 심사, 이도 갇힌 자의 조바심이런가.

샘터사에서 나온 『어떻게 살 것인가?』라는 불경 발췌집을 가끔 뒤적거리고 있습니다. 신약성서의 어떤 대목이 다른 표현으로 드러난 경우가 자주 눈에 띄는 것같아 결국 종교의 '밑바탕은 하나로구나 하는 느낌마저 듭니다. 그러나, 별다른 감동은 느끼지 못하고 있습니다. 불교의 이색적인 존재인 유마힐 거사의 전모를 알고 싶을 뿐.

오늘은 정환의 소식을 받은 날입니다. 여기서 녀석의 소식을 받으리라고는 2년이 가까워 오도록 생각조차 않았던 일이있지요. 그날 정성현이가 제 마누라와 함께 마중왔더랍니다. 마누라라는 칭호가 어색하겠지만, 현재 함께 살고 있다니 어쩔 수 없는 겁니다. 오래도록 성현을 졸졸 따라다니던 아가씨가 하나 있었다는데 아마 꼴인한 모양입니다. 나로선 선뜻 환영하기보다는 좀 성급하지 않았나 여겨집니다. 아직은 공부하고 닦아나갈 나이에 무슨 결혼을……(그녀석 나이가 스물넷이거든요.) 부모님의 부재와 공식적인 학업의 중단이 가져다준 공허가 큰 역할을 했나 봅니다. 염병할…….

요즘 이오덕 선생님의 『이 아이들을 어찌할 것인가?』, 『서시정신과 유희정신』이란 책들이, 이 못나고 추악한 시대의 미래를 어린이들에게 맡겨야 한다는 관심을 유발하고 있나 봅니다. 어느 시대에나 어린이들은 소위 '잘나고 뛰어난 어른'들이 만든 제한된 통로를 통해 '박제되고' '교화되고' '순종 잘하는 모범생으로 길러지는' 것만 같습니다. 우리의 지난날도 그러했다고 느낍니다. 교육이란 어린이 때부터 '의식화'의 물결에 그들을 방목해야 될 것입니다. 비판적으로 객체를 바라보고 자기 자신을 변화의 주체로 바로 세우는 어른된 정신이 어린이의 가슴속에 자유로이 넘쳐야 할 것입니다.

오늘은『전환시대의 신학』과 부권이가 보낸 돈 만 원이 도착한 날입니다. 책은 최소 2,500원은 주었을 텐데 정숙 씨 지갑이 헐렁했을 것이고, 부권이 놈은 버는 돈도 없는 주제에 차비 하라고 송금까지 하다니 두루 건방진 놈입니다. 내 예상으론 상덕이, 혜영이는 내가 나가는 날에 올 것 같은 생각이 들고, 부권인 시간사정에 따를 것이고, 송병춘, 김정환, 정성현, 이호웅이 놈들은 출입이 무상한 녀석들이라 그날 기분에 따를 것인 듯 싶소.『전환시대의 신학』에는 서 교수의 가장 빛나는 논문들이 많이 빠져 있어서 섭섭했습니다. 그 논문들이 '민중의 신학'을 대표하는 것들이라서 그런지도 모르겠습니다.

만남 13일 전

[別1] 모든 생물은 다 행복하라, 태평하라, 안락하라. 어떠한 생물일지라도 두려워 떨거나, 강하고 굳세거나, 긴 것이건 큰 것이건 중간치거나 짧고 가는 것이건, 또는 조잡한 것이거나 거대한 것이거나, 눈에 띄는 것이나 눈에 띄지 않는 것이나, 멀리 혹은 가까이 살고 있는 것이나, 이미 태어난 것이나 앞으로 태어날 것이거나 모든 살아 있는 것은 다 행복하라, 태평하라, 안락하라.

—『숫타니파아타』에서

[別2] 테이야르 드 샤르댕의 오메가 포인트에 관한『전환시대의 신학』에 실린 서 교수의 논문을 읽으며 그간 막연하게 들어온 샤르댕의 엄청난 스케일의 개략을 볼 수 있었습니다. 물리학, 생화학, 지구과학, 지질학, 고생물학에 관한 개론적 지식을 얻고자 내가 조금 희망했던 것도 실은 샤르댕을 이해하고 싶었기 때문이었습니다. 샤르댕은, 우리들이 맞서 싸우는 거대한 문제들이 실은 자잘구레한 입싸움에 불과한 것이란 점을 그야말로 거시적인 우주통찰(또는 역사통찰)을 통해 충격적으로 알려 주고 있습니다. "이렇게 시야가 넓을 수가!" 하는 것이 첫 소감이었고, 두 번째로는 "허다한 노력에도 불구하고 나의 눈이 이리 좁을 수가!" 하는 자책이었습니다.

[別3] 토요일입니다. 무척 한가롭습니다. 시간의 흐름이 더디다는 것만이 느껴질 뿐, 쾌청, 온통 쨍쨍거리는 햇살들뿐. 건강, 그리고 스스럼없는 만남의 기다림, 그럼 오늘은 여기서.

다가올 만남의 날을 향한
설레임을 잠재우며……

빈대가 전한 기쁜 소식 3

기름 통통 오른 심지라면
불을 붙이겠지,
삼 년을 굶고도 살아남는 나의 빈 배를
염치없는 흡혈로 통통 올린 나라면
태워버리고 싶겠지,
알고 보면
허다한 추위와 숱한 겨울의 기인 나날들을 견뎌낸
내 끈질긴 생명의 비밀은
배를 비우는 것이었나니
보았는가
얼음 깨지는 소리에 잠든 꽃뿌리들 눈 비비는 춘삼월
벽틈을 비비며 잽싼 동작으로 돌진하는

내 가벼운 몸매의 그 아른아른한 색깔을
보았다면 알리라
창자도 피하의 기름들도 티 없이 맑아진 투명의 몸
그 몸으로 견뎌낸 겨울의 장대함을
보았다면 알리라
태우지 않으면 그치지 않는 나의 번식과
비우고 비운 반생의 노력으로도 끊기지 않는
나의 탐욕을
전하려 한다, 죄수여
세상은 온통 비탈진 강원도 자갈밭
천만 번의 맹세로도 교도소 담벼락은 무너지지 않고
여러 번의 출옥으로도 희망은
충족되지 않는 것,
4등, 3등, 2등, 1등…… 노역의 경중에 따라 인쳐진 가
다밥에
배는 비우고 비워지건만
우리가 닿는 희망의 땅은 온통 피바다
핥을 것이라곤
바다에 즐비한 핏방울뿐,

기름이라면
불이나 지르지…….

잡기: 빈대는 무엇인가? 빈대는 착취자요, 몹쓸 욕망이요, 그리고 나요, 꺼질 줄 모르는 투혼이요, 모든 것이다. 끈질긴 생명력과 꺼질 줄 모르는 욕망을 지닌 것이 악의 형상의 품으면 악의 설명이요, 참의 본질을 포괄하면 역사의 진리다. 빈대가 살고 빈대가 숨고 빈대가 싸워가는 이 땅은, 내게 있어선 군대 시절에 많이 보았던 팍팍한 자갈밭임에 틀림이 없다. 그 자갈밭을 빈대도 기어가고 나도 기어간다. 기어가며 살아가는 바로 그 삶이 빈대가 전해주는 복음이다. 구원은 솟아오르는 불기둥으로 임재하는 것이고, 우리는 그저 가다밥으로 몸을 비우며 살아갈 뿐이다. 그렇다. 빈대거나 인간이거나 출생을 묻지 말고 그의 행위를 물으라. 구원의 기쁜 소식은 빈대의 삶이거나 예수의 삶이거나 온갖 삶에서 일어난다.

푸른 하늘에 구름 떠다니는 꼴이 영락없는 초여름이올시다. 제법 귀엽게 연두색 새 잎을 자랑하던 나뭇잎새들도 초하의 짙푸르름으로 그 성숙을 자랑하고, 봄과 너불어 꿈틀거리던 생명력들이 기성의 늪으로 빠져들어 허물어져가는 그러한 초여름, 이제 곧 다가올 만남의 날을 향하여 설레임을 잠재우지 맙시다.

하일동 시대의 제자에게서 소식이 왔는데, '꼭' 나오랍니다. 꼭 나오라니…… 시간으로 쌓여진 인고로도 모자라 '꼭 나오라는' 희원이 더해져야 한단 말인가. 단 한 시, 단 한순간의 시간도 에누리하지 않은 채, 살라는 징역 꼬박 다 살아주고 이제는 담을 넘어 그대를 찾아나 서는데, 그 누가 있어 은혜를 말할 수 있단 말인가. 그러나 나는 부끄러웁다. 철저한 대결과 몸부림만으로 채울 수 없던 세월이 하 많았기에 자꾸만 남아도는 부끄러움, 이것이 푯대에 흔들리는 한 나는 언제나 젊을 수 있다는……

[別1] 토끼를 사랑하는 사내의 늑대 같은 심뽀를 조금은 알고 계신가, 사랑하는 이여. 웃음 대신에 호랑이 인상이, 부드러운 목소리 대신에 투가리 깨지는 고함이, 다정한 손 대신에 폭력으로 웅어리진 철권이 그대의 토끼 같은 심사를 헤치고 늑대같이 덤빌 날이 그대의 미래에는 없을 것인가. 그러하여라, 사랑하는 여인아. 온갖 약속과 온갖 희망을 낮추더라도 짐승의 일은 우리들의 미래에서만은 없어져 자취마저 찾을 길 없어 현상금을 걸더라도 흔적마저 사라지거라. 시험 틈틈이 못다 새긴 풀잎을 조금씩 흘리며, 여인이여, 태평하라, 안락하라, 평화로워라.

만남 열흘 전

1975년 6월,
을지로에서 만나자는 약속을
지키지 못하고
덜컥 징역 산 지 2년……
2년의 깊은 잠 끝에
비로소, 이제야 지켜지는
그 약속!

정숙 씨에게.

24일날 시험시간의 장난으로 이곳에 올 수 없다는 기쁜 소식을 듣고 즐거웠습니다. 도대체가 교도소 정문 앞에서 만나 낄낄거리겠다는 우리들의 심뽀가 수상했던 겁니다. 조금쯤 아쉽고 조금쯤 미련이 남는 발걸음으로 경호다방에 토끼마냥 앉아 있을 그대를 찾아가는 것이 훨씬 더 홀가분할 것 같습니다. 욕심같아서는 '시험에도 불구하고 내려가겠다'는 사연을 받고서 '성의는 괘씸하지만 시험을 빼먹어선 안 된다'는 답장을 썼으면 좋으련만 어찌할꼬. 경호다방에서 기다리고 있을 테니 오고 싶으면 오고 사정이 안 되면 약속이나 해달라는 미적지근한 엽서를 받고야 말았으니……. 그러나 어찌 하랴.

1975년 6월 15일의 을지로에서의 약속을 지키지 못하고 덜컥 징역 살러 떠나온 그 멍청한 반칙을 24일에 경호다방에서나 사과할 수밖에. 그렇구나, 75년의 약속이 2년의 깊은 잠 끝에 이제사 만나지려는 천지간의 섭리…….

친구나 후배들은 되도록 공주땅에서 만났으면 싶습니다. 그중에서 보디가드를 선발하여 항시 대동하여야지 그렇지 않으면 방향감각이 어리어리한 사람끼리(요즘 내가 정숙 씨의 수준에 도달하고 있습니다) 다니다간 왼종일 집을 못찾아 배앵뱅 돌 테니까요. 어찌되었든, 24일 3시에 경호다방에 나와 계시면(12시까지 신부님댁에 있다가 12시 30분쯤 출발) 늦어도 4시까진 도착할 테니 그리 아십시오. 늦게나마 맥빠졌다는 시험공부를 측면 지원해야지 어쩌겠습니까? 마음 정말 느긋하게 잡고 시험공부에 임해주십시오. 오늘은 여기서 간단하게 24일건에 대한 답신만 적습니다. 곧 이곳에서 보내는 엽서의 「고별사」를 보내드리지요. 이제 얼마 안 남았습니다. 자, 조금만 더 힘을!

내 사랑하는 이여, 태평하라, 안락하라, 평화로워라.

카미유 피사로, 〈봄, 아침, 구름, 에라니〉, 1900년

사랑!
우리가 지상에 남긴
유일한
발
자
취

징역에서 보는 우리들의 삶에 보내는 마지막 헌사

이승에서 그대를 만나 남다른 기쁨을 맛본
그 이유만으로 저승길에서 고통받는다 하더라도
나는 기죽지 않는다
천년왕국이니 영생의 낙원이니
내세는 휘황한 행복뿐이라지만
그대에게 못다한 사랑이 허물이 되어
무간지옥에 떨어진다 한들
그게 어찌 나를 미혹할 수가 있단 말이냐

삶은 언제나 구비쳐 휘도는 물길
그 어딘가의 구비에서 우리가 만났듯이
삶은 구비치며 그대의 심장에 나의 심장을 잇대어
출렁거리는 물길로 이어왔느니
살지라!
삶은 고뇌요 일상은 부대껴 권태의 늪을 이뤄갈지라도
살아서 즐거움과 괴로움 함께 마시며
사랑하는 작은 몸부림 속에 함께 피로 흐르라
맥을 거쳐 다시 맥으로
심장을 나와 다시 심장으로
펄 펄 펄 솟구치는 피가 되어 흐르다가
어느 한순간 삶을 거두고
미래의 문턱에 선다한들
천·지의 저울대가 무슨 그리 대수로운 논의 거리일 것
인가
행여 윤회의 긴 회로에서
남자와 여자로 다시 만나지 못하고
이름 모를 짐승으로 마주 으르렁대게
작정되었다 하더라도
사랑할지라!
사랑에서 사랑으로
펄 펄 펄 타오르며 우리가 배운 삶의 생명은
사랑,
사랑은 우리가 지상에 남길

유일한 발자취거니
평안하라! 두 해의 동고여
평안하라.

24일 경호에서 보기로 마지막 약속을 확인하며 두 해 동안의 끈질겼던 봉함엽서의 사연을 맺습니다.
하늘 높은 곳에 예수의 고난, 지상에 우리들의 평화. 우리들이 나눈 모든 고난 모든 서러움 모든 기쁨이여 안락하라, 평화하라, 태평하라.

To   My Better K

From 당신의 못된 반쪼가리 채광석

카스파르 다비드 프리드리히, 〈안개 바다 위의 방랑자〉, 1818년

책 속의 그림들에 대하여

청춘들에게 가난과 독재의 '겨울공화국'은 그 자체로 감옥이었다. 끝내 이 땅을 떠나지 못할 그들이지만, 그들의 벗 황지우가 말했듯 '새들조차 뜨는 이곳', 젊은 영혼은 '이곳이 아니면 어디라도 좋을 곳'을 동경했으리라. 차디찬 쇠창살에 갇힌 젊은 수인(囚人)은 화집 속에서나 보았을 한 번도 가본 적 없는 그곳, 자유·평등·박애의 나라를 더욱더 그렸을 것이다. 그곳은 입 막고 숨죽여 소근대지 않아도 되는 곳. 빛나는 태양 아래 반짝이는 총천연색을 찾아낸 인상파의 고향, 자유와 사랑은 젊음의 영혼 속에 한 폭의 그림처럼 펼쳐졌으리라.

그 어딘가의 구비에서 우리가 만났듯이

초판 1쇄 인쇄 2021.01.12
초판 1쇄 발행 2021.01.25

지은이 채광석
펴낸이 김선식

경영총괄 김은영
편집주간 김지환
디자인 choi design studio
마케팅본부장 이주화
채널마케팅팀 최혜령, 권장규, 이고운, 박태준, 박지수, 기명리
미디어홍보팀 정명찬, 최두영, 허지호, 김은지, 박재연, 임유나, 배한진
저작권팀 한승빈, 김재원
경영관리본부 허대우, 하미선, 박상민, 김형준, 윤이경, 권송이, 이소희, 김재경,
　　　　　최완규, 이우철

펴낸곳 다산북스 출판등록 2005년 12월 23일 제313-2005-00277호
주소 서울시 마포구 양화로 67 나동 302호
전화 070-4150-3186
홈페이지 www.dasanbooks.com
이메일 samusa@samusa.kr
종이 · 인쇄 · 제본 · 후가공 ㈜갑우문화사

ISBN 979-11-306-3452-4 03810

채광석 蔡光錫

1948년 충남 태안군 안면도 안면읍에서 출생하였으며, 대전고등학교를 거쳐 서울대학교 사범대학에서 수학하였다. 1983년 문학평론「부끄러움과 힘의 부재」, 시「빈대가 전한 기쁜 소식」을 발표하면서 문단활동을 시작했다. 민중적 민족문학론을 제기하면서 백낙청, 김사인 등과 더불어 1980년대 문학논쟁에 참가했다. 창작 주체의 계급론적 차별성 문제, 수기의 문학 장르 가능성의 문제, 집단 창작의 문제, 문학 조직의 문제 등을 문단에 던지는 등 1970년대에서 1980년대 문단 평론계의 한 맥을 형성했다. 1974년 오둘둘 사건으로 체포되어 2년 6개월간 복역, 1980년 서울의 봄 이후 계엄포고령 위반으로 체포되어 40여 일간 모진 고문을 당했고「애국가」,「검은 장갑」등의 시를 쓰기도 했다. 1984년 3월, 민족문화운동협의회의 실행위원, 자유실천문인협의회(현 한국작가회의)의 초대 총무간사, 1985년 자유실천문인협의회 집행위원 등을 역임하며, 대표적인 진보적 문학 이론가로 활동했다. 1987년 불의의 교통사고로 세상을 떠났다. 저서로 평론집『민족문학의 흐름』, 시집『밧줄을 타며』, 옥중서간집『그 어딘가의 구비에서 우리가 만났듯이』, 사회문화평론집『물길처럼 불길처럼』등을 남겼고, 사후에 유고집『민족문학의 흐름』이 1주기를 맞아 출판되었으며, 채광석 전집 제1권(시)『산자여 따르라』, 제2권(산문)『유형일기』, 제3권(편지)『그대에게 못다한 사랑』, 제4권(평론1)『민중적 민족문학론』, 제5권(평론2)『찢김의 문화 만남의 문화』등 5권이 완간되었다.